Annäherungen an Angela

Sieben Schülerinnen des Ursulinengymnasiums Köln
haben sich in ihren Texten Angela Merici "genähert".

Schüler schreiben Bücher©

Annäherungen an Angela

**Eine Anthologie der Schreibgemeinschaft „Die Schwestern"
der Kölner Ursulinenschule**

**Gesponsert vom
Förderverein der Kölner Ursulinenschule**

Eine Initiative des
LSF Landesverband Schulischer Fördervereine NRW e.V.

…eine starke Verbindung

Impressum

Bibliografische Information der Deutschen Bibliothek:
Die Deutsche Bibliothek verzeichnet diese Publikation
in der Deutschen Nationalbibliografie;
detaillierte Daten sind im Internet über <http://dnb.ddb.de> abrufbar.

©2006 – LSF Landesverband Schulischer Fördervereine NRW e.V.

Umschlaggestaltung: Hilberg & Hilberg Werbeagentur, 42579 Heiligenhaus

Herstellung und Verlag: Books on Demand GmbH, Norderstedt

ISBN 3-8334-5159-9

Haltet euch an den alten Weg,
und lebt ein neues Leben.
(7. Gedenkwort)

Annäherungen an Angela

Mit Illustrationen von *Claudia Summerer*

Tradition und Phantasie

Ein Vorwort von *Wolfgang Hohlbein*

Annäherungen an Angela? Als ich zum ersten Mal den Titel der Anthologie las, habe ich, wie wahrscheinlich seitdem auch viele Leserinnen und Leser, eher an eine prominente Politikerin dieses Namens gedacht. Umso erstaunter war ich dann, als ich mich näher mit den Geschichten beschäftigte und so manches über die Frau erfuhr, um die es hier tatsächlich geht. Eine Italienerin aus den bewegten Jahren des 15. und 16. Jahrhunderts, die mit ihrem Lebenswerk Ungewöhnliches geleistet hat.

Warum aber beschäftigen sich Kölner Schülerinnen noch heute mit dieser Frau? Das hat mich noch mehr interessiert: Ich habe selbst Kinder und bin auch durch meine Lesungen oft in Schulen, so dass ich immer eine gewisse Vorstellung davon behalten habe, was gerade so "in" ist. Zumindest glaube ich das…

Dass sich junge Menschen für Geschichte und historische Personen interessieren, ist nicht ungewöhnlich und auch wenn sich das nicht immer in der Schule zeigen mag, habe ich noch kaum jemanden getroffen, der sich nicht für Römer, Ritter, Entdecker, Indianer oder was Geschichte uns sonst noch alles zu bieten hat, begeistert hätte. Nicht zuletzt lebe ich ja auch selbst von dieser Begeisterung, wenn ich historische Romane schreibe oder mich für meine phantastischen Romane mit Ideen aus der irdischen Geschichte versorge.

Heilige Frauen und Männer üben dabei immer eine besondere Faszination aus. Es sind echte Ausnahme-Menschen, manchmal geradezu Helden! Und viele von ihnen sind sogar heute noch sehr populär: Wer kennt nicht den Heiligen Georg, der den fürchterlichen Drachen besiegt hat, oder die Heilige Johanna von Orléans, die sich nicht nur gegen Vorurteile, sondern gegen ganze feindliche Armeen durchzusetzen wusste?

Von Angela Merici hatte ich jedoch zuvor noch nichts gehört. Natürlich kann man kaum im Rheinland leben, ohne schon einmal von einer der Ursulinenschulen in Bonn, Krefeld oder eben Köln gehört zu haben. Aber dass es sie heute noch gibt, und dass es sich immer noch um Mädchenschulen handelt, das habe ich bis vor kurzem nicht gewusst. Ist ja auch ein bisschen altmodisch, mögen manche denken.

Und wenn ich einmal von den Ursulinen hörte, dann dachte ich allenfalls noch an die Heilige Ursula und ihre elftausend Jungfrauen, an ihr Martyrium in Köln und dass die elf schwarzen Tropfen im Stadtwappen irgend etwas damit zu tun haben.

Dass so ein Orden auch tatsächlich einmal von jemandem gegründet worden ist und dass diese Person damit ganz konkrete Ziele verfolgt hat, daran habe ich nie gedacht. Und genau hier wird es spannend: Denn was manchen altmodisch vorkommt, kann man auch als ehrfurchtgebietende Tradition begreifen. Da gründet diese Angela vor mehr als viereinhalb Jahrhunderten eine Gemeinschaft, die jungen Frauen ein selbständigeres Leben ermöglicht und ihnen obendrein auch noch Möglichkeiten der Bildung erschließt, die sie sonst nicht gehabt hätten. Als wenn das nicht an sich schon aktuell genug wäre, gibt es auch tatsächlich noch heute

Schulen, die von diesem Orden gegründet und zum Teil auch heute betrieben werden. Die Kölner Ursulinenschule zum Beispiel wurde, wie ich mittlerweile weiß, 1639 gegründet – und es gehen immer noch Schülerinnen dort hin! Und die Schülerinnen setzen sich offenbar mit dieser Tradition sehr intensiv auseinander. "Die Schwestern" der Arbeitsgemeinschaft Kreatives Schreiben haben sieben Geschichten rund um das Leben und Werk Angela Mericis geschrieben, die diese Heilige aus den Tiefen der Geschichte herausholen und uns ihre Welt zeigen, die Umstände, unter denen sie so geworden ist, wie sie war. Möglicherweise wenigstens!

Und dieses "möglicherweise" macht die folgenden Geschichten so spannend. Es sind keine offiziellen Texte, keine Legenden, keine Geschichten von Historikern. Es sind Geschichten von jungen Frauen, deren Leben auch heute noch vom Leben der Angela Merici beeinflusst wird und die sich aus dieser Verbindung heraus ihren ganz eigenen, auch phantastischen Zugang zu dieser Frau gesucht haben. Sie haben sich ihr schreibend genähert, sich in sie und ihre Zeitgenossen hineinversetzt, sich mit ihren Ideen beschäftigt und dann ihrer eigenen Phantasie freien Lauf gelassen. Diese Autorinnen haben sich auf eine Reise in die Geschichte begeben und sind mit ihren Geschichten von dort zurückgekehrt.

Damit laden sie uns als Leserinnen und Leser ebenfalls auf eine Reise ein. Sie führt uns nach Italien, nach Jerusalem, in ein einsames Kloster, nach Bordeaux und an viele andere Orte und in verschiedene Zeiten. Ich kann allen nur empfehlen, diese Einladung anzunehmen und sich auf diese Reise mitnehmen zu lassen.

Und den Autorinnen wünsche ich für ihr weiteres Leben und Schreiben alles Gute: Möge Euch die Lust zu reisen und andere dabei mitzunehmen niemals verlassen!

Maike Becker

Nach Hause

Giovanni von Merici verschloss die Tür sorgfältig und ging noch mal eine Runde um den Hof. Seine Schritte wurden von der weißen Schneedecke verschluckt. Der Hof war verlassen. Die Arbeiter waren alle schon zu Hause und wärmten sich wahrscheinlich bei einem gemütlichen Feuer. Er ging an einer Tonne vorbei, auf der sich Wasser gesammelt hatte. Das Wasser war zu Eis gefroren. Er streckte seine Hand aus und berührte das Eis. Die Kälte betäubte seine Fingerkuppen. Er setzte seinen Weg zum Lagerraum fort und bei jedem Schritt knirsche der Schnee unter seinen Füßen. Er schob die schwere Holztür auf und blickte in die große verlassene Halle. Es wurde Zeit, dass der lange Winter endlich endete und die Lagerhalle wieder mit Säcken voll duftendem Korn gefüllt war. Er liebte das rege Treiben der Erntezeit. Die geschäftigen Menschen und die Freude auf eine reiche Ernte. Genauso mochte er es, wenn der Boden der Felder langsam auftaute und wieder fruchtbar war um neue Samen aufzunehmen und zu nähren. Seltsamerweise war dieses Jahr viel Schnee gefallen. Das war nicht typisch für Desenzano. Es wurde nachts zwar immer sehr kalt, aber tagsüber war es selten so kalt, dass es gefror. Bis zu diesem Winter.

Giovanni durchquerte den Lagerraum und seine Schritte hallten von den steinernen Wänden wider. Die Geräte, die sie für die Ernte nutzten, waren gut gepflegt worden und standen an ihren Plätzen. Er ging durch eine kleine Tür zu seiner Linken erneut hinaus in den Schnee und in die Dunkelheit. Er holte seine Hände aus den Taschen und hauchte sie an. Er rieb sie aneinander, während er seine Runde zu einem anderen Gebäude fortsetzte. Es brachte leider nicht viel und so ließ er es bleiben.

Giovanni war bei den Ställen angekommen um nach den Tieren zu schauen. Hier drinnen war es ein wenig wärmer, doch immer noch so kalt, dass man die Temperatur als frostig bezeichnen konnte. Er ging an seinen Rindern und Pferden vorbei und wünschte sich, dass ihm die Kälte ebenso wenig ausmachen würde, wie seinen Tieren. Als er am letzten Stall vorbeikam, streckte sich ihm ein langer Hals entgegen. "Na alter Junge. Ist dir auch so kalt?" Giovanni tätschelte das Pferd am Hals. Der Hals war von einer weiß-grauen Farbe wie das übrige Fell auch. Nur die Mähne und die Nüstern waren dunkelgrau. Das Pferd stupste ihn mit dem Kopf und schnaubte leise. "Ich weiß, dass dir langweilig ist. Bald gibt es wieder mehr für dich zu tun. Und Julio lässt dich morgen auch wieder ein wenig laufen. Der Winter wird nicht ewig dauern." Mit diesen Worten gab er dem Pferd einen letzten Klaps und verließ den Stall.

Er hatte beschlossen, dass es nun auch für ihn Zeit war zu gehen. Er ließ sein Gut zwar nur ungern allein zurück, aber er wollte jetzt endlich zu seiner Frau und seiner Tochter.

Sie waren bei ihrer Schwester in der Stadt. Normalerweise lebten sie zusammen auf ihrem Landgut, aber in ihrem Zustand wollte er das nicht verantworten. Eine

hochschwangere Frau sah er doch lieber in der Stadt, wo es gemütlicher war und Helfer schneller erreichbar waren. Ihre Schwester, die schon bei einigen Geburten dabei gewesen war, hatte ihm noch gestern gesagt, dass es in ein paar Tagen so weit sein würde. Nun wollte Giovanni nach Hause, um seiner Frau beizustehen. So ein Ereignis wollte er niemals im Leben versäumen. Vielleicht würde sein Sohn oder seine Tochter heute wirklich noch auf die Welt kommen. Diese Überlegung wärmte seine Seele von innen und es schien ihm schon gleich ein wenig wärmer zu sein.
Jedoch achtete er einen Moment nicht darauf, wo er hinging und sein Kopf streifte ein paar Tannenzweige. Diese Unachtsamkeit bereute er sogleich, da ein Schauer eiskalten Schnees von oben auf ihn herunter prasselte. Er schüttelte seine Haare und versuchte den eisigen Schnee zu ignorieren, der in seinen Nacken gefallen war und jetzt als Wassertropfen seinen Rücken hinunter lief. Es wurde allmählich wirklich Zeit, dass die weiße Decke verschwand und der Winter dem Frühling Platz machte.
Giovanni ging den schmalen Weg in Richtung Stadt entlang. Der Weg fiel langsam ab, da sein Gut ein wenig oberhalb der Stadt gelegen war. Nicht selten trat Giovanni

auf eine glatte Stelle und musste wild mit den Armen rudern um nicht das Gleichgewicht zu verlieren. Nach einem anstrengenden langen Marsch erblickte er dann endlich die Tore der Stadt. Es leuchteten noch viele Lichter schwach aus den Fenstern und so mussten selbst zu dieser späten Stunde noch Menschen wach sein. Durch die Anstrengung des Marsches ein wenig erhitzt, folgte Giovanni der langen gebogenen Hauptstraße. Unterwegs war niemand mehr. Er konnte es durchaus nachvollziehen. Er würde jetzt auch lieber mit seiner Familie am Kamin sitzen. Genau davon trennten ihn nur noch wenige Straßen. Er bog rechts in eine kleine dunkle Gasse ein und der erste Mensch, seit Eintritt in die Stadt, kam ihm als ein dunkler Schatten entgegen. Er musterte Giovanni mit finsterem Blick und drückte sich an der Wand an ihm vorbei. Es gab schon seltsame Leute in dieser Stadt und einigen von diesen wollte er nicht unbedingt nachts in einer engen Gasse über den Weg laufen. Nach dieser Begegnung dauerte es nur noch fünf Minuten bis er vor einem einladenden Haus stand. Die Biancosis waren eine wohlhabende Familie, denen es weit besser ging als so manchen anderen in Desenzano. Das Haus lag am Südwestufer des Gardasees, der tief schwarz dalag. Die Fenster waren hell erleuchtet und Giovanni freute sich schon einzutreten und seine Frau und seine Tochter in die Arme zu schließen.

Vertraute

Auf der Treppe, die zum Haus führte, wäre er auch noch um ein Haar ausgerutscht, aber ein fester Griff um das Geländer rettete ihn vor dem Schlimmsten. Er löste seine Hände von dem Geländer, was nicht sehr angenehm war, denn seine Hände waren eiskalt gefroren. Er wollte gerade mit seinem Ellebogen anklopfen, - mit seinen Händen traute er sich nicht, weil er fürchtete sie würden bei dem Aufschlag wie Eis zersplittern – als sich dich Tür von innen öffnete. Eine hübsche junge Frau Ende zwanzig blickte auf die durchgefrorene Gestalt. "Da bist du ja endlich. Wir dachten schon, du kommst nicht mehr. Schnell rein mit dir." Sie warf ihm ein flüchtiges Lächeln zu und verschwand im Haus. Giovanni folgte der Schwester seiner Frau, zog aber zuerst die schmutzigen Schuhe und seinen Mantel aus. "Maria, wie geht es ihr? Ist sie wohl auf?" Doch ehe Maria antworten konnte, kam ein kleines Kind angelaufen und drückte sich fest an Giovanni. Giovanni nahm die Kleine auf den Arm. "Na, meine Süße. Hattest du einen schönen Tag?" Die Kleine nickte nur und schmiegte sich wieder an ihren Vater. "Hast du brav auf deine Mutter aufgepasst, wie ich es dir gesagt habe?" Erneutes Nicken. "Warum bist du so spät, Vater? Mutter und ich haben dich schon vermisst."
"Ach, weißt du, kleine Gabriela, wenn ich gekonnt hätte, wäre ich schon viel früher bei euch gewesen."
"Liest du mir heute Abend wieder eine Geschichte vor?"
Giovanni lachte kurz, dann sagte er: "Hörst du die so gerne? Wenn wir dazu Zeit haben, dann mache ich das. Warum bist du denn noch nicht im Bett?"

"Mutter hat gesagt, ich darf noch auf dich warten." Sie wand sich in seinem Arm und Giovanni ließ sie herunter. "Komm, Vater, Mutter wartet auf dich." Gabriela zog ihn an der Hand hinter sich her die Treppe hoch.

Nun meldete sich auch Maria wieder zu Wort: "Es scheint so, als würde das Baby bald kommen. Ihre Wehen sind sehr regelmäßig und kommen in immer kleineren Abständen. Sie ist oben in ihrem Zimmer."

"Danke, Maria. Ich meine Danke für alles, was du für uns getan hast. Ich bin wirklich froh dich in meiner Familie zu haben."

"Ach, das ist doch alles selbstverständlich. Schließlich ist sie meine Schwester." Giovanni lächelte sie an und ließ sich von Gabriela in einen Raum am Ende des Flures ziehen. Der Raum war einfach eingerichtet. Es gab ein Bett, einen kleinen Tisch und eine Kommode. Auffällig war nur, dass es kaum einen Platz an der Wand gab, der nicht mit Gemälden behangen war. Viele von diesen Gemälden waren Abbildungen von Heiligen.

Gabriela stürmte auf das Bett zu, in dem eine junge Frau lag, deren Gesicht Marias deutlich ähnelte. Sie schien nur ein wenig jünger zu sein.

"Schau, Mutter. Vater ist da."

Die Frau setzte sich auf, um Gabriela in den Arm zu nehmen. Sie hatte damit deutlich Probleme, denn sie verzog schmerzhaft das Gesicht. Maria sah das und sagte zu Gabriela: "Komm, Schatz. Wir wollen deine Eltern kurz alleine lassen. Wir können in die Küche gehen und Margarete fragen, ob wir ihr ein wenig zu Hand gehen können." Maria nahm Gabriela an die Hand und ging mit ihr durch die Tür in Richtung Küche.

In dem Raum herrschte nun für einen Augenblick Stille. "Antonia", flüsterte Giovanni.

Antonia blickte auf und sah ihn mit funkelndem Blick in die Augen. "Warum kommst du so spät und lässt uns warten? Ich habe mir Sorgen um dich gemacht. Ich sagte, du sollst mit der Dämmerung heimkommen. Aber nie hörst du auf mich. Du denkst manchmal nur an dich. Ich fürchte um dich, wenn du nachts alleine in der Stadt und auf dem Feld bist. Du weißt doch selber, was überall für Gesindel unterwegs ist. Ich fürchte um dich, Giovanni!" Ihre Stimme wurde nun zittriger und brach ab. Sie fing leise an zu weinen. "Ich wüsste einfach nicht, was ich ohne dich tun sollte."

"Carissima!", sagte er liebevoll, setzte sich neben sie aufs Bett und nahm ihre Hand. "Ich werde dich nicht alleine lassen. Niemals! Das weißt du doch. Dafür liebe ich dich und Gabriela viel zu sehr. Ich werde jetzt erst einmal bei dir bleiben. Nun sei ruhig und weine nicht."

Antonia wischte sich mit dem Handrücken energisch über die Augen und lächelte ihn an. "Verzeih mir. Es war ein schwacher Moment, der mich überwältigt hat."

"Es gibt nichts zu verzeihen." Er sah ihr tief in die Augen und strich ihr die langen seidigen Haare aus dem Gesicht. "Und wenn, ich würde dir alles Verzeihen, Carissima." Ein schmerzhaftes Aufstöhnen von ihr kündigte die nächsten Wehen an.

Giovanni half ihr sich sachte aufs Bett zurückzulegen. "Hast du große Schmerzen?", fragte er mit einem sorgevollen Blick auf ihren Bauch.

"Nein, es geht schon. Ich denke, das Kind wird mich schonen wollen. Es hat sich bis jetzt noch relativ ruhig verhalten." Sie legte die Stirn in Falten und schien über etwas nachzudenken. "Was macht denn unser Gut, wenn du für ein paar Tage hier bleibst und nicht deiner Arbeit nachgehst? Solltest du nicht besser gehen?"

"Ach, Carissima", lachte Giovanni. "Du bist mir eine seltsame Frau. Eben noch beschimpfst du mich, dass ich nur an mich denke und nun willst du, dass ich wieder arbeiten gehe und dich alleine lasse. Ich lasse dich aber jetzt nicht mehr alleine. Ob du das willst oder nicht. Ich möchte nicht um alles in der Welt die Geburt unseres kleinen Kindes verpassen. Sei beruhigt. Ich habe Julio alles anvertraut. Er ist ein guter Junge. Er wird alles regeln bis ich wieder da bin. Jetzt ruh dich ein wenig aus. Ich werde nach Gabriela sehen. Ich denke, sie wird darauf bestehen, dass ich ihr eine Geschichte erzähle." Er gab ihr einen Kuss auf die Stirn und wollte aufstehen, doch Antonia hielt ihn am Ärmel fest.

"Hol Gabriela und kommt zu mir. Du kannst ihr auch hier die Geschichte erzählen. Ich und das Kleine würden die Geschichte auch gerne hören. Ich brauche euch jetzt bei mir."

"Wie du willst, Carissima." Giovanni ging die Treppe hinunter, um Gabriela zu suchen. Als er den Fuß der Treppe erreicht hatte, kam sie auch schon auf ihn zugelaufen. Aufgeregt erzählte sie ihm: "Vater, ich habe gerade Margarete geholfen Brötchen zu machen. Für morgen früh. Ich durfte den Teig kneten."

"Das ist schön. Ich denke, dann werden die Brötchen morgen besonders lecker", sagte er und lächelte Maria an, die gerade in der Tür erschienen war. "Sie hat wirklich tatkräftig mitgeholfen."

"Hast du dich denn auch bei Margarete bedankt, dass du ihr helfen durftest?"

"Ja, Vater", sagte Gabriela artig.

"Das ist mein Mädchen. So muss man es machen. Hast du denn immer noch Lust auf eine Geschichte?"

"Ja, ja! Eine Geschichte", sagte sie freudig. "Darf ich mir auch eine aussuchen?"

"Natürlich. Welche magst du denn hören?"

"Erzähl mir noch mal die von der heiligen Ursula."

"Wirklich diese? Aber die hast du doch schon so oft gehört."

"Aber die mag ich so sehr."

"Na, dann komm. Wir gehen zu deiner Mutter. Sie möchte die Geschichte auch hören. Sag aber erst deiner Tante gute Nacht. Danach musst du nämlich sofort ins Bett. Es ist schon viel zu spät." Sie löste sich von ihrem Vater und ging auf ihre Tante zu. "Gute Nacht, Tante Maria."

"Gute Nacht, Gabriela, und träum schön." Maria nahm Gabriela auf den Arm und gab ihr einen Kuss auf die Wange. "Jetzt geh mit deinem Vater und hör dir die Geschichte an. Wir sehen uns morgen. Dann darfst du Margarete vielleicht wieder in der Küche helfen." Zu Giovanni gewand fügte sie hinzu: "Ruf mich, wenn etwas sein sollte."

Er nickte. "Mach ich, Maria."

Die Heilige Ursula

Im Zimmer von Antonia angekommen sprang Gabriela aufs Bett und kuschelte sich an sie. "Meine kleine Graziosa. Hast du Margarete helfen können?"
"Ja", sagte sie stolz. "Ich durfte den Teig für die Brötchen morgen kneten."
"Du, Mutter", brachte sie nach einigem Zögern hervor, "Margarete hat etwas über einen Mann erzählt, den sie kennt. Sie sagt, dass er seine Töchter schlägt und sie schlecht behandelt. Sie sagt, er würde sie nur ausschimpfen. Aber Margarete meint, dass es sehr nette Töchter wären und sie kann gar nicht verstehen, warum er so übel mit ihnen umgeht. Mutter, warum tut er das?"
"Ach, Liebes, das kann ich dir auch nicht genau sagen. Manche Menschen denken eben, dass Schläge und Tadel die richtige Erziehungsart sind. Er weiß sich wohl nicht anders zu helfen oder hat es nicht anders von seinen Eltern gelernt. Er denkt wahrscheinlich, dass sie nur so zu verantwortungsvollen und vernünftigen Menschen werden."
Gabriela sah sie fragend an und brachte nur ganz leise heraus: "Glaubst du das auch, Mutter?"
"Nein, Liebes", sagte sie entschieden. "Ich denke, dass man freundlich gegen seine Töchter sein sollte; denn durch liebreiche Freundlichkeit erreicht man mehr als mit strengem Tadel. Außerdem glaube ich, dass liebevolle Aufmerksamkeit die Herzen dem Guten öffnet und die Kinder bereitmacht selbst Gutes zu tun."
Gabriela schien mit dieser Antwort zufrieden, obwohl sie den Sinn nicht ganz verstanden hatte. Sie legte sich beruhigt wieder auf die Brust ihrer Mutter.
Giovanni, der bis jetzt schweigend zugehört hatte, meldete sich zu Wort. "Seid ihr nun bereit für die Geschichte von der heiligen Ursula?"
"Ja, erzähl sie!", rief Gabriela und kuschelte sich noch tiefer in die Arme ihrer Mutter.
"Nun gut", fing Giovanni an, "dann erzähle ich euch, was mit Ursula und ihren Gefährtinnen geschah."
Nur gestört durch leises Aufstöhnen und ab und zu schmerzhafte Atemgeräusche von Antonias Seite, wenn die Wehen einsetzten, begann Giovanni die Geschichte.
"Dort seht ihr sie. Die heilige Ursula." Er deutete auf ein Bild gleich neben der Tür. Auf dem Bild war eine junge Frau mit hellen Haaren und einem langen Umhang zu sehen. Sie blickte zu einem Engel auf. "Sie war eine Königstochter. So voll von Würde, Weisheit und Schönheit, dass man überall von ihr sprach. Der König von Anglia wünschte, dass sein Sohn sich mit ihr vermählte und sein Sohn stimmte freudig zu. Sie machten Ursulas Vater Komplimente und großartige Versprechungen. Aber sie fügten auch Drohungen hinzu, falls er sie unverrichteter Dinge wegschicken würde. Ursulas Vater, der selber ein König war, wollte seine christlich erzogene Tochter nicht würdelosen Verehrern überlassen und wusste, dass

Ursula dieser Heirat ebenso wenig zustimmen würde. Um den bevorstehenden Konflikt zu vermeiden riet Ursula ihrem Vater, auf Grund einer göttlichen Eingebung, den Antrag anzunehmen. Sie stellte dem König von Anglia jedoch folgende Bedingungen: Er sollten ihr zehn junge Mädchen zur Verfügung stellen und diesen jeweils tausend weitere Mädchen zuteilen. Des Weiteren wollte sie eine Frist von drei Jahren, in denen sie sich ganz und gar Gott widmen wollte, und ihr zukünftiger Ehemann sollte im Glauben unterwiesen und getauft werden. Außerdem sollten sie Ruderschiffe beschaffen. Mit diesen Forderungen glaubte sie, den König und dessen Sohn von ihrem Antrag abzubringen."

"Aber das hat sie nicht geschafft! Der Königssohn hat die Forderungen erfüllt", warf Gabriela ein.

"Unterbrich deinen Vater nicht, Gabriela!"

"Genau!", setzte Giovanni an Gabriela gewandt fort. "Du hast vollkommen Recht. Sie bekam also ihre Gefährtinnen. Und jede von ihnen bekehrte sie zum Glauben."

"Und jetzt kommt gleich der Engel", flüsterte Gabriela ihrer Mutter zu.

"Eines Tages erschien Ursula ein von Gott gesandter Engel und prophezeite, dass sie und ihre Gefährtinnen nach Köln gehen und dort die Krone des Martyriums erringen sollten. Es gab damals zwei böse Herrscher, denen Ursula ein Dorn im Auge war, weil sie befürchteten, die christliche Religion könnte durch sie erstarken. Denn viele Männer und Frauen schlossen sich ihrer Sache an. Nachdem sie also Ursulas Weg ausspioniert hatten, der sie nach Köln führte, sandten sie einen Boten zu ihrem Verwandten Julius, dem Führer des Hunnenvolks. Dieser machte sich auf den Weg nach Köln und besetzte die Stadt." Mit dramatischer Stimme fuhr Giovanni nun fort. "Als Ursula und ihre elftausend Gefährtinnen dort ankamen, fielen die Barbaren gewaltsam über sie her und töteten alle Frauen bis auf…"

"Ursula!", rief Gabriela.

"Ja, bis auf Ursula. Denn der Hunnenführer war von ihrer wundervollen Schönheit fasziniert und wollte sie zur Gattin nehmen. Sie aber lehnte ab und der Hunnenführer war so erbost, dass er sie mit einem Pfeil durchbohrte. Und so vollendete er das Martyrium der elftausend jungen Frauen."

"Also ich hätte diesen Widerling auch nicht zum Mann genommen", sagte Gabriela entschieden.

"Gewiss nicht, Kleines", lachte Giovanni. "Ich bin davon überzeugt, du hättest richtig gehandelt. Ursula war in ihrem Glauben so stark, dass selbst der Tod sie nicht erschrecken konnte. Wir finden Halt, Stärke und Vertrauen im Glauben."

"Ich denke, das war genug für heute", unterbrach Antonia ihren Mann. "Gabriela muss jetzt ins Bett."

"Na gut. Gute Nacht Mutter. Und sag auch meinem kleinen Geschwisterchen eine gute Nacht von mir." Gabriela gab ihrer Mutter einen Kuss und Giovanni ging mit ihr zur Tür. Gabriela warf noch mal einen Blick auf das Bild der heiligen Ursula.

"Gute Nacht, Graziosa."

Als Giovanni sie in einem kleinen Zimmer, das direkt neben dem Zimmer von Maria lag, in ihr Bett gelegt hatte, fragte Gabriela ihren Vater: "Glaubst du, das Kleine hat die Geschichte auch gehört?"

"Ich denke, dass dein Geschwisterchen die Geschichte ganz sicher mitbekommen hat."

"Aber wenn nicht, dann erzählst du sie ihm doch auch, oder?"

"Warum erzählst du sie ihm dann nicht einfach?"

"Das darf ich?"

"Ja natürlich. Ich denke, du könntest das sehr gut."

"Hmmh", überlegte Gabriela. "Ja, ich glaube, ich würde das gerne tun", entschied sie sich.

Giovanni musste lächeln und sagte: "Es gibt bestimmt keinen, der das besser könnte als du. Jetzt musst du aber wirklich schlafen. Gute Nacht, meine Kleine."

"Gute Nacht, Vater", kam aus der Dunkelheit zurück.

Die Geburt

Da er Gabriela sicher im Bett wusste, ging Giovanni nun zu seiner Frau zurück. Als er ins Zimmer kam, verzog sie schmerzhaft das Gesicht und ließ ein Keuchen hören.

"Ich glaube es fängt an, Giovanni." Sie musste kurz inne halten, weil erneute Schmerzen sie ergriffen. "Du bist mit deiner Geschichte keine Minute zu früh fertig geworden", sagte sie und rang sich ein Lächeln ab.

"Kann ich irgendetwas für dich tun?" Jetzt sah er die Schweißperlen auf ihrer Stirn und wurde besorgt.

"Du kannst Maria holen. Sie weiß, was zu tun ist."

"Mach dir keine Sorgen", fügte sie hinzu, als sie seinen angespannten Gesichtsausdruck bemerkte.

Er wollte zur Tür hinaus, doch ein leiser Aufschrei ließ ihn zusammenzucken und innehalten. Er wollte zu ihr gehen, sie schickte ihn jedoch mit einem energischen Blick zur Tür hinaus, Maria holen.

Als Giovanni sie fand, war sie sofort bereit und hatte in nur wenigen Sekunden zwei weitere erfahrene Helferinnen herbeigeholt. Er wünschte sich, ihm würden auch mal so schnell Helfer herbeieilen, wenn er sie brauchte. Doch seltsamerweise kamen die nicht so bereitwillig. Er ging mit den drei Frauen zurück zu Antonia, die in diesem Moment, wie es schien, unter Qualen aufstöhnte.

"Alles gut", hörte er Maria sagen. "Du musst jetzt ruhig ein- und ausatmen. Versuch dich ein wenig zu entspannen."

Giovanni fragte sich gerade, wie man sich in diesem Zustand entspannen sollte und dankte Gott noch einmal mehr, dass er nicht die Aufgabe hatte Kinder zu gebären, als er von einer der zwei Frauen zur Tür gedrängt wurde.

"Bleib stark, Carissima. Ich bin direkt bei dir, wenn etwas ist. Ich weiß, dass du es schaffst. Ich liebe dich", war er gerade noch in der Lage zu rufen, als ihm auch schon die Tür vor der Nase zugemacht wurde. Antonia hatte ihm nichts mehr zugerufen. Wenn er ehrlich war, war er ihr auch nicht böse drum. Sie hatte schließlich Wichtigeres zu tun.

Jetzt war es an ihm zu warten. Genau das Gleiche hatte er mit seiner ersten Tochter schon einmal durchgemacht. Es konnte schnell gehen, es konnte aber auch mehrere Stunden dauern. Oder noch länger. Er hoffte inständig, dass dies seiner Frau erspart bliebe.

Er ging hinunter in die Küche und setzte sich an einen großen, schweren Holztisch. Hier war es still, nur gelegentlich fanden markerschütternde Schreie den Weg in seine Ohren. Und jeder dieser Schreie tat ihm so weh, als würde er selber ein Kind auf die Welt bringen. Sofern er das überhaupt vergleichen konnte. Denn dazu war es noch nie gekommen und würde es auch nie. Jedenfalls fühlte er sich nach jedem Schrei immer elender.

Er betrachtete die Maserung des Tisches, stand auf, ging umher und setzte sich wieder. Das Warten machte ihn wahnsinnig. Er betrachtete die vielseitigen Küchengeräte, doch sie waren nicht interessant genug, um ihn abzulenken. Schließlich legte er den Kopf auf den Tisch und lauschte den gedämpften Geräuschen.

Er wurde von einer aufgeregten Stimme geweckt. Waren Minuten oder Stunden vergangen? Er musste auf dem harten Tisch eingeschlafen sein. Kein Wunder, wenn er überlegte, dass er schon vierundzwanzig Stunden auf den Beinen war.

"Giovanni. Giovanni!", schrie die laute Stimme unangenehm auf ihn ein. "Wach auf, du Schlafmütze. Oder willst du deinen neuen Nachkommen nicht begrüßen?"

Bei diesen Worten erinnerte sich Giovanni schlagartig an die Situation und er war auf einmal hellwach. "Was ist? Wie geht's ihr? Wie geht's dem Baby?"

"Komm mit, dann kannst du es selber sehen." Es war Maria, die ihn geweckt hatte. Sie hatte einen freudig erregten Ausdruck auf ihrem Gesicht und das beruhigte Giovanni ungemein. Er folgte ihr in das Zimmer, in dem seine Frau lag.

Es musste bereits früher Morgen sein, denn silbriges Licht fiel durch die Fenster und erhellte das Haus. Er musste also einige Stunden geschlafen haben.

Nun packte ihn eine frohe Erwartung. Als er auf seine Frau schaute, die auf Kissen gestützt im Bett lag und reichlich Erschöpft, aber auch überglücklich aussah, empfand er nur noch pures Glück.

Sein Blick fiel auf ein kleines Geschöpf, das in Decken eingewickelt in Antonias Armen lag. Er lächelte sie an, ging zu ihr hin und küsste sie. Dann wandte er sich dem Neugeborenen zu. Er nahm es vorsichtig auf den Arm und betrachtete es voll Entzückung. "Da bist du also. Willkommen!"

"Es ist eine Sie", sagte seine Frau.

Jetzt kam auch Gabriela herein gelaufen. Gefolgt von Maria, die an der Tür stehen blieb.

"Komm her Gabriela", sagte Giovanni und hob sie aufs Bett.

Gabriela berührte mit ihrem Zeigefinger die kleine Hand und die winzigen Finger umschlossen Gabrielas Zeigefinger. "Seht mal, wie süß. Meine kleine Schwester."
Giovanni schaute auf Maria, auf Gabriela, auf Antonia und schließlich auf seine jüngste Tochter in Decken eingehüllt auf dem Arm der Frau, die er über alles liebte. Ihm war noch nie so leicht ums Herz gewesen.
Antonia blickte zum Bild der heiligen Ursula mit dem Engel auf und sagte:
"Wir werden sie Angela nennen."

Die Zeit der Toten

Erschöpft ließ Angela sich auf der trockenen Erde nieder. Um sie herum schien alles in der glühenden Hitze der Mittagssonne zu zerfließen. Der Himmel war wolkenlos und strahlendblau. In den wenigen Bäumen, welche die Landschaft zierten, saßen bunte Vögel und sangen leise ihre Lieder. Solch eine perfekte Idylle erinnerte sie immer an frühere Zeiten. Schönere Zeiten. Zeiten, in denen sie jemanden hatte, der ihr hin und wieder die Last der Verantwortung abnahm…

Sie atmete tief ein und strich sich mit der rechten Hand den Schweiß von der Stirn. Einsamkeit konnte sehr schmerzhaft sein. Das hatte sie in den letzten Monaten am eigenen Leibe erfahren müssen. Sie hatte das Gefühl, als wenn ein Teil von ihr irgendwo auf dem langen, mühsamen Pfad, der sich ihr Leben nannte, verloren gegangen wäre. Ein Teil, nach dem sie sich so sehr sehnte, dass ihr Herz beinahe zerbrach. Niemand war da, der ihr Leid lindern konnte, der ihr Halt gab, wenn sie der Schmerz in den Wahnsinn trieb.

Einst war ihre Schwester da gewesen. Ihre lachende, warmherzige Schwester. Wie oft hatten sie sich nachts zusammen unter der Decke verkrochen und über den Tag gelacht und geweint? Wie oft hatte ihre Schwester sie in den Arm genommen und ihre Tränen getrocknet? Sie konnte sich noch an jedes einzelne Mal erinnern. Und sie wusste noch, wie ihre Schwester nach jedem tränenreichen Abend zu ihr sagte: "Weine nicht weil es vorbei ist, lächle weil es geschah." Immer wieder aufs Neue hatte sie sich diese Worte zu Herzen genommen und versucht ihnen zu folgen.

Auch nach dem Tod ihrer geliebten Schwester hatte sie versucht nur an die schönen Zeiten zu denken und nicht daran, dass es nie wieder welche dieser Art geben würde. Es war ihr eine große Hilfe gewesen. Doch wenn auch das nicht mehr half, so betete sie. Erneut etwas, was ihre Schwester sie gelehrt hatte. "Die Hände falten und sinnlose Worte murmeln, dessen ist jeder fähig, Angela. Aber in den Gebeten zu versinken und die Nähe Gottes zu spüren, das gelingt wahrhaftig nicht jedem", hatte sie eines Nachts gesagt. Seitdem hatten sie oft gemeinsam gebetet. Und nach einiger Zeit verspürte Angela tatsächlich eine Wärme jedes Mal, wenn sie ihre Gedanken ordnete und im Stillen zu Worten formte. Und es gab ihr Kraft. Nie hatte sie es aufgegeben den Kontakt zu Gott zu halten, auch wenn dieser ihr manchmal sehr schwach erschien und sie enttäuschte. Vor allem nach dem Tod ihrer Familie fiel es ihr schwer Gottes Liebe zu spüren, wenn sie die Augen schloss. Zu viele schreckliche Bilder hatten sich dort festgesetzt. Je intensiver sie sich auf ihre Gebete konzentrierte, desto weiter schien sich die Wärme von ihr zu entfernen.

Mit einem Mal kniete sie sich hin und faltete die Hände. Sie wollte nicht aufgeben. Sie wusste, dass es an ihrer großen Furcht lag, dass Gott sich scheute zu ihr zu kommen. Aber sie wusste auch, dass sie ihn erreichen konnte, wenn sie es wirklich wollte. Und sie wollte es. Sie brauchte es. Sie wusste, dass ihre Schwester nicht da war um sie an der Hand zu nehmen und mit ihr gemeinsam das Gebet zu sprechen.

Wie an all den Tagen in den Wochen zuvor war sie alleine. Doch aus irgendeinem Grund fühlte sie auf einmal, dass die Wärme zurückkehrte. Sie schloss die Augen und dachte an ihre Schwester. Dachte an ihr Lächeln. Dachte daran, wie ihr Haar im Wind wehte. Dachte an all die Stunden, die sie im Garten verbracht hatten. Dachte an ihre Stimme und an all die tröstenden Worte. Sie stellte sie sich vor, wie sie sie das letzte Mal überglücklich gesehen hatte. Und dieses Bild wollte sie nun festhalten.

Plötzlich hatte sie das Gefühl, als wenn sie das Lachen ihrer Schwester leise in der Ferne hören könnte. Es schien immer näher zu kommen. Und dann war es direkt

neben ihr. Dieses klangvolle Lachen, welches sie so geliebt hatte. Sie lächelte. Da hörte sie die Stimme ihrer Schwester, die sagte: "Öffne deine Augen, Angela."
Und so tat sie, wie ihr geheißen. Dort stand ihre Schwester, nur einige Schritte von ihr entfernt. Sie sah genauso aus, wie sie sie sich gerade noch vorgestellte hatte und lächelte sie strahlend an. Ihr grünes Kleid flatterte sanft und ihre Füße schienen den Boden nicht einmal zu berühren. Sie war umgeben von menschenähnlichen Gestalten in weißen Gewändern. Ihre Haut glänzte im Sonnenlicht, so als wäre sie aus Porzellan. Auch sie schwebten sanft über dem Boden und hatten dasselbe Lächeln wie ihre Schwester. Angela liefen Tränen des Glückes über die Wangen. Wie oft hatte sie sich gewünscht ihrer Schwester noch einmal begegnen zu können? Wie oft hatte sie sich vorgestellt, was sie ihrer Schwester sagen würde, wenn es so weit wäre. Doch nun, da ihr Herzenswunsch Realität geworden war, fehlten ihr die Worte. Sie wollte gerade aufspringen und sich ihrer Schwester an den Hals werfen, als diese leise zu sprechen begann: "Geliebte Schwester Angela. Lange ist es mir nicht gewährt hier zu verweilen, doch lass mich dir eins sagen: Deine Einsamkeit wird schon bald ein Ende finden, denn Gott hat dich auserwählt. Dir wird die Aufgabe zuteil Frauen zu finden, die in ihrer Liebe zu Gott genauso aufblühen wie du. Mit ihnen wirst du eine Gemeinschaft gründen. Nicht jetzt, nicht heute und an diesem Ort. Aber eines Tages, fern von hier. Er vernimmt deine Gebete sehr wohl und ist stets an deiner Seite. So wie ich. Jeden Tag und jede Nacht. Drum lass deine Tränen versiegen, Schwesterherz. Dich erwartet eine bedeutende Zukunft. Sei stark." Angela konnte sehen, wie sich ihre Schwester aufzulösen begann. Doch sie wollte nicht, dass sie wieder von ihr ging. Sie erhob sich und ging langsam auf die Gestalten zu. Aber diese verschwanden. Nun war nur noch ihre Schwester da: "Vergiss nie, was deine Berufung ist, Angela. Und wende dich immer an deinen Herrn, wenn du glaubst, dass du dieser Aufgabe nicht gewachsen bist oder andere Umstände dir zu schaffen machen. Und wenn ich gleich fort bin, denke daran: Weine nicht weil es vorbei ist, lächle weil es geschah."
Und dann verschwand auch sie. Angela stand mit tränenüberströmtem Gesicht da und starrte über das leere Feld. Lange stand sie dort und dachte über alles nach. Endlich konnte sie wieder nach vorne blicken. In die Zukunft, vor der sie sich so lange Zeit gefürchtet hatte. Sie würde der Aufgabe gewachsen sein, das spürte sie. Die Tränen begannen zu versiegen. Und als sie sich schließlich wieder entspannte und auf die Erde fallen ließ, lächelte sie.

Die Stadt

Als ich durch die Tore trat, schlug mir der Gestank wie eine Woge ins Gesicht. Ich war ja schon von Salo einiges gewohnt, aber Brescia übertraf die Stadt, in der ich meine Jugend verbrachte, bei weitem. Ich konnte Brescia schon ein paar Meilen bevor ich es sah riechen. Links und rechts standen imposante Steinhäuser und die schmale Straße schlängelte sich durch sie hindurch. Ich raffte meine Röcke, nahm meinen Stab wieder auf und machte mich auf die Suche nach dem Haus der Familie Patengola. Mir wurde beschrieben, dass es im Viertel der Kaufleute liegen sollte. Also wanderte ich müde und erschöpft, wie ich war, durch die Stadt, in der schon die ersten Kerzen in den Häusern angezündet wurden und ihren warmen Schimmer durch die Fenster auf die zunehmend dämmerigen Straßen warfen. Ich musste mich beeilen um noch vor Einbruch der Nacht das Haus rechtzeitig zu erreichen und nicht Opfer irgendeines Verbrechens zu werden. Am Marktplatz angekommen sah ich, wie die letzten Händler ihre übrig gebliebene Ware zusammen packten, wovon mindestens die Hälfte ungeachtet im Dreck landete. Ich schüttelte den Kopf und ging weiter. Die angrenzenden Straßen wurden immer breiter und ich wurde mir bewusst, dass ich so eben das wohlhabendere Viertel betreten hatte. Am Haus angekommen klopfte ich an die mit Bronze verzierte Tür. Sofort wurde mir geöffnet. "Geehrte Schwester, gut dass Sie da sind! Ich hoffe, ihre Reise war nicht zu beschwerlich. Wir haben Sie schon vor ein paar Stunden erwartet", sagte eine Dienstmagd im mittlerem Alter. Ich folgte ihr durch das Haus in die oberen Stockwerke, wo sie mir meine Kammer zeigte, die für die Zeit in diesem Haus meine Unterkunft sein sollte. Nachdem ich meine wenigen Habseligkeiten abgelegt hatte, erkundigt ich mich nach dem Befinden Catharinas de Patengola, der Hausbesitzerin. Sie hatte innerhalb kürzester Zeit ihren Mann und ihre beiden Söhne verloren. Zwar waren ihr Leben und Wohlstand geblieben, doch in ihrer seelischen Not hatte sie sich Hilfe suchend an den Orden der Franziskaner gewandt und man hatte mich dazu ausersehen ihr beizustehen. Aufmerksam ging ich durch die Flure in Richtung ihres Zimmers. An den Wänden hingen kostbare Gemälde. Frau Patengola saß zusammengesunken in einem Sessel. Sie schien in Gedanken weit, weit weg zu sein. Ihre Augen blickten traurig und hoffnungslos auf einen kleinen Gegenstand in ihrer Hand. Ein Kreuz.

Als ich mich ihr langsam näherte, hob sie kaum merklich ihren Kopf und sah mich an. Ohne mir in die Augen zu blicken erzählte sie mir, dass sie nach dem tragischen Unfall ihres Mannes und ihrer Söhne, die kurze Zeit später an den Folgen ihrer Verletzungen verstarben, voller Zweifel war. Zweifel an Gott. Wurde nicht gesagt, dass alles von Gott gewollt wäre und nichts dem Zufall überlassen würde? Warum musste Gott ihr ihre Familie nehmen? Wurde nicht gesagt, Gott sei gütig? Sie verstand es nicht. Ich konnte sie verstehen. Einst hatte ich ebenso über Gott gedacht.

Aber das war lange her. Mir schien es, als ob es in einem anderen Leben gewesen wäre. Vielleicht war es das ja sogar.

Am nächsten Morgen stand ich noch vor Sonnenaufgang auf um den Tag mit meinem morgendlichen Gebet zu beginnen. Danach zog ich mich an und ging hinunter in die Küche. Da ich dort niemanden fand, musste ich auf mein Frühstück verzichten. Es machte mir allerdings nicht allzu viel aus, da für so etwas später noch genug Zeit blieb. Außerdem wollte ich noch pünktlich zur Morgenandacht in der Marktkirche sein, die mir Frau Patengola als eine gute Kirche in Brescia empfohlen hatte. Da ich mich in Brescia noch nicht auskannte, beschloss ich auf ihren Rat zu hören und mich anschließend mit der Stadt selber vertraut zu machen, in der ich für unbestimmte Zeit leben würde.

Das Portal öffnete sich meinem Blick einladend, als ich auf die Kirche zuschritt. Hoch ragte es über meinem Kopf in den Himmel, der sich schier grenzenlos über den gesamten Horizont spannte. Im Inneren empfing mich eine ruhige und andächtige Stille. Düster wirkte dieser Ort allerdings nicht, da spitze Bogenfenster genügend Licht spendeten um alles sichtbar zu machen. Ich setze mich in eine der Bankreihen und wartete auf den Anfang des Gottesdienstes. Als der Gottesdienst endlich zum Schlag der Glocken begann, befand sich in der Kirche eine erschreckend geringe Anzahl an Besuchern. Der Pastor hielt seine Messe mit so viel Begeisterung wie ein Bauer beim Ausmisten seines Stalles, so dass er schon fast erleichtert wirkte, als er endlich fertig war. Die wenigen Leute um mich herum meckerten, dass der Gottesdienst auch nur noch schlechter würde und verließen die Kirche. Ich folgte ihnen.

Wieder auf dem Marktplatz schlenderte ich durch die Straßen und machte mir meine Gedanken. Edelleute, einfache Bürger und ihre Bediensteten liefen eilig von einem Marktstand zum anderen. Unterdessen schrieen sich die Händler fast die Seele aus dem Leib und jeder versuchte besser und lauter zu sein als der andere. Dieses Bedürfnis nach ständigen Wettkämpfen spiegelte sich auch in der Kleidung der Menschen wieder. Wo hin ich auch sah, sah ich Leute, die aufwändige Gewänder trugen. Freilich konnte sich das nicht jeder leisten, und so mancher tat mit dem Mangel an passender Kleidung unfreiwillig kund, dass er zum Rand der Gesellschaft gehörte. Vor allem die Adligen und Großbürger mussten sich ständig in Farbe, Stoff, Schnitt und Verarbeitung übertrumpfen, um besonders individuell zu sein. Dabei merkten sie gar nicht, dass ausgerechnet ihr verschwenderisches Verhalten sie ihrer Individualität beraubte. Auf der anderen Seite sah ich jedoch auch Kinder, alte Leute und Menschen unterschiedlichen Alters die bettelnd umherzogen. Sie wurden oftmals mit viel Geschimpfe und Fußtritten zur Seite geschoben. Keiner kümmerte sich um sie und auch so manch Geistlicher ging, ohne sie auch nur eines Blickes zu würdigen an ihnen vorbei. Doch hatte Gott nicht gesagt, liebe den Nächsten, wie du auch dich selber liebst?

Langsam ging ich wieder zurück. Im Haus angekommen, verzehrte ich langsam mein Frühstück, während ich nachdachte: "Ich bin also angekommen, hier in Brescia. Angekommen in einer Stadt, in der die Menschen größtenteils nur an sich

selbst denken, in der das Aussehen, der Einfluss und das Geld mehr zählen als an anderen Orten. Hier haben die Dimensionen ein größeres Ausmaß als in den anderen Städten, die ich bisher in meinem Leben gesehen habe. Ich bin angekommen an einem Ort, an dem ich mir vornehmen will etwas zu verändern. Zum Guten. Auch wenn es nicht um bedingt viel sein muss…. Einen Versuch ist es auf jeden Fall wert." So entschlossen machte ich mich auf, mich meiner nächstliegenden Aufgabe zu widmen, Frau Patengola beizustehen.

Umzug

In den nächsten Tagen unterhielt ich mich oft mit Frau Patengola über Gott, das Leben und den Tod. Gott hatte für jeden einzelnen einen Plan bereitliegen. Nur konnten wir in unserer Unwissenheit nicht erahnen, was dieser war. Wir konnten nur abwarten und in Gott vertrauen. Wir waren nicht allein.
Langsam besserte sich ihr Zustand und so war sie schon am dritten Tag meiner Ankunft in Brescia bereit, mit mir gemeinsam die Messe zu besuchen. Wir gingen allerdings nicht in die Marktkirche, sondern suchten ein anderes der vielen Gotteshäuser in Brescia auf. Auch hier war die Messe schlecht. Ich war enttäuscht. Wohin war der wahre Glauben verschwunden? Alles klang geheuchelt.
Für den Abend war eine kleine Feier angesetzt um Frau Patengola von ihren Sorgen abzulenken. Und so kamen einige persönliche Freunde und Bekannte im kleinen Saal zusammen um ein bescheidenes Mahl zu sich zu nehmen. Herzlich lud man

mich dazu ein und ich nahm zögernd teil. Ich wurde allen Gästen vorgestellt und nahm an dem Tisch platz. Als das Essen auf duftenden Platten aufgetragen wurde und alle gebeten wurden sich zu bedienen, nahm ich mir etwas Brot und trank Wasser dazu. Erstaunt wurde ich angesehen und gefragt, warum ich nicht mehr essen wollte. Ich erklärte den Gästen, dass ich fastete und sie akzeptierten es mit einigem Erstaunen.

Zu Frau Patengolas Gästen gehörten auch einige angesehene Persönlichkeiten der Stadt, doch mir fiel sofort ein junger Mann auf, der wesentlich schlichter als die anderen gekleidet war und mir als Kaufmann Antonio Romano und Freund der Familie Patengola vorgestellt worden war. Wie sich herausstellte gehörte er der "Divino-Amore-Bruderschaft" an, die sich hier in Brescia um die Armen und Kranken kümmerten. Es interessierte mich sehr, mehr über Brescia und seine Bewohner zu erfahren und so fing Herr Romano an zu erzählen. Er berichtete mir von den Geistlichen, die es teilweise soweit trieben, dass sie die Ablasszahlungen der Bürger, denen sie mit hitzigen Reden Höllenbilder vor Augen hielten, falls sie nicht zahlten, anstatt für die Kirche und die Gemeinde zu verwenden, in die eigene Tasche steckten. Sie lebten in Luxus und hatten keine Scheu dies zu zeigen. Manche Priester, so erzählte mir Antonio Romano, sollten sogar hurend durch die Stadt ziehen. Und so war es wohl auch kein Wunder, dass die Menschen mehr und mehr anfingen an der Kirche zu zweifeln und sich von dieser abwandten. Die Kirche sah vielleicht von außen so schön, prachtvoll und erhaben aus wie eh und je, aber im Innern begann sie mehr und mehr zu verfaulen.

Antonio Romano wollte sich mit einigen anderen gegen diesen Verfall stellen, indem er versuchte so weit wie möglich zu helfen, wo Not war.

Und die Not war groß. Zwar gab es einige Wohlhabende, sogar sehr reiche, die einem besonders ins Auge fielen und die auch die Zeit hatten müßig durch die Stadt zu spazieren, aber der Großteil der Bevölkerung arbeitete in ihrem Schatten den ganzen Tag hart um zu überleben.

Als ich am nächsten Tag mit zu den Unterkünften ging, wo Herr Romano und einige andere, darunter auch der Neffe von Frau Patengola, die Armen versorgten, sah ich auf dem Weg, welche Schäden der letzte Bürgerkrieg in Brescia hinterlassen hatte. Vor vier Jahren waren plündernde, mordende und vergewaltigende Soldaten durch die Stadt gezogen und an den Häusern der ärmeren Viertel sah man die Schäden noch recht deutlich.

Hier, in so einem etwas heruntergekommenen Haus, verteilten ein paar Helfer Essen an Menschen, die es sich nicht leisten konnten, oder, wie so oft, einfach zu wenig hatten.

Nachdem ich den ganzen Tag dort geholfen hatte, kam ich in den darauf folgenden Tagen und Wochen fast jeden Tag her um in irgendeiner Form den Menschen zu helfen. Eines Tages, es war im Frühling, fragte mich Antonio Romano, ob ich nicht bei ihm wohnen wollte um besser helfen zu können, da sein Haus näher an den ärmeren Vierteln lag. Und da es Frau Patengola, die inzwischen so eine Art Freundin für mich geworden war, wieder besser ging und ich ihr auch nicht ewig auf der Tasche liegen wollte, beschloss ich sein Angebot anzunehmen. So packte ich kurze Zeit später meine Habseligkeiten und zog um.

Licht und Schatten

In den nun folgenden Tagen gewöhnte ich mich mehr und mehr ein. Jeden Tag kamen Menschen, denen ich helfen wollte, aber nicht immer direkt helfen konnte, da wir zum Beispiel nicht genug zu Essen hatten. Also beschloss ich als erstes Frau Patengola und ihre Bekannten um Spenden zu bitten. Bei einigen klappte es sogar und ich erhielt meist Geld um Lebensmittel kaufen zu können. Da dies aber immer noch nicht ausreichte, fragte ich schließlich jeden, den ich kannte und so wurde es immer mehr und ich konnte mehr Menschen helfen. Einige Bürger schlossen sich sogar unserer Gruppe an und halfen mit, mehr Unterkünfte aufzubauen.
Meine Abende verbrachte ich mit Beten und Stricken und anderen Handarbeiten um diese verkaufen zu können. Wie ich machten das viele andere von uns und so nahmen wir genügend Geld ein um irgendwann sogar ein paar Webstühle zu kaufen, um den Menschen auch längerfristig helfen zu können. Mein Leben bestand in den folgenden Jahren aus einem steten Wechsel von Licht und Schatten. Einerseits konnte ich einigen Menschen helfen, andererseits manchen auch nicht, wenn jede Hilfe zu spät kam. Besonders schlimm fand ich es, als eine Mutter zu mir kam, mehr mit Lumpen als mit wirklicher Kleidung am Leib, um mich zu bitten ihrer kleinen drei Jahre alten Tochter zu helfen, die einen starken Keuchhusten hatte und der sie nicht helfen konnte. Für einen richtigen Arzt hatte sie natürlich kein Geld. Doch wer hatte das schon? Die wenigsten. Sie hatte fast alles, was sie besaß, einem Mann gegeben, der ihrer Tochter helfen sollte. Doch der Aderlass hatte nichts gebracht. Da auch ich nicht genug Geld hatte, suchte ich jeden Arzt der Stadt auf, doch alle schlugen mir direkt die Tür vor der Nase zu, als sie hörten, worum ich sie bat. Schließlich ging ich zum letzten Arzt und bettelte so lange, bis er sich bereit erklärte zu helfen. Doch als wir ankamen war es zu spät. Das Mädchen hatte eine gräuliche Gesichtsfarbe und spuckte bereits Blut. Der Arzt meinte, man könne nichts mehr machen. Ich war mir jedoch nicht sicher, doch da ich nicht die Fähigkeiten hatte konnte ich nichts weiter machen, als ihr warme Umschläge umzuwickeln und bei dem Mädchen am Bett zu bleiben. Die Mutter musste weiter arbeiten gehen, da sie sich und das Mädchen sonst nicht ernähren konnte, denn auch der Vater war schon an Husten gestorben. Bis zuletzt war in den Augen der Mutter Hoffnung, erst als das Mädchen starb verschwand sie.
Das Mädchen hieß Ursula .
Ich konnte nichts gegen ihre Krankheit machen. Doch trotzdem versprach ich mir und Gott weiterzumachen, nicht aufzugeben. Ich musste doch irgendetwas machen können! Es tat mir so leid und ich war machtlos. Irgendeinen Sinn hatte alles. Doch welchen?
Solche Fragen stellte ich mir immer wieder, wenn ich machtlos schien. Wenn die Schatten länger wurden. Doch ich erlebte auch viel Gutes. Diese Augenblicke des

Lichts stärkten mich. Ich machte weiter. Tag für Tag. Jahr für Jahr. Es wurde besser und die Leute kannten mich zunehmend, so dass sie mir bereitwilliger halfen.

Jahre später, als ich besonders an mir und meiner Aufgabe zweifelte, beschloss ich aus dem stetigem auf und ab aus Licht und Schatten eine weite Reise in die Stadt des Lichtes zu unternehmen, um gestärkt zurück kehren zu können.

Und so verließ ich Brescia auf demselben Weg, den ich gekommen war. Doch diesmal erschien er mir nicht ganz so dunkel.

Vera Borchers

Die Blinde Pilgerin

"Meine Augen sehnen sich nach deinem Wort und sagen:
Wann tröstest du mich?" Psalm 119,82

I.

Ich blickte zurück. Zurück auf das Land, das mir so bekannt war. Das Land, das immer meine Heimat gewesen war und immer sein würde. Das Land, dem ich schon so viele Jahre diente. Das Land, dessen Bewohner und ihr Wohlergehen mir so wichtig waren. Ich blickte zurück auf die Menschen, die so dicht gedrängt am Hafenrand standen und ihren Freunden und Verwandten zuwinkten, in der Hoffnung sie bald wieder zu sehen.

Doch mir winkte niemand zu. Niemand hatte mich mit Tränen in den Augen und einem Lächeln auf den Lippen verabschiedet. Niemand hatte mir eine gute Reise gewünscht und wartete nun sehnsüchtig auf meine baldige Rückkehr. Nein, ich war ganz alleine. So wie immer.

Ich spürte ein Brennen in meinen Augenwinkeln und wusste sofort, dass es nicht nur von der kalten Seeluft herrührte, die mein schon fast ergrautes Haar um mich wirbeln ließ und es spielerisch um meine schmalen Schultern warf.

Zwischen den Reihen der winkenden Menschen stand ein junges Mädchen, das wohl kaum mehr als zehn Sommer gesehen hatte, halb weinend, halb lachend und drückte sich in die Arme seiner Mutter, während es seinem Vater zuwinkte.

Damals musste ich auch ungefähr in seinem Alter gewesen sein. Damals, als ich mein Vertrauen in Gott und in das Gute der Welt verlor. Damals, in jenem Winter, wurde mir klar, wie hart und ungerecht das Leben wirklich war.

Eine mysteriöse Krankheit wütete auf dem Gut meiner Eltern. Sie schlich umher, wie ein Dieb in der Nacht und raffte jeden hinweg, der ihren Weg kreuzte. Nur meine Schwester und ich blieben scheinbar verschont von ihr. Und so wurden wir nach dem Tod unserer Eltern von dem Bruder unserer Mutter aufgenommen. Doch kaum wich die Kälte des Winters den ersten Knospen der Bäume und dem ersten Zwitschern der Vögel, starb auch meine Schwester.

Es brach mir das Herz. Für lange Zeit versank ich in meinem Schmerz. Meine Seele wanderte durch dunkle, einsame Gänge, die an Türen endeten, welche zu Häusern voller toter Menschen und zu Friedhöfen führten, während mein Körper sich, durch das Grauen, das meiner Seele widerfuhr, schweißgebadet in einem Bett hin und her warf.

Als ich schließlich, wider den Erwartungen aller am Hofe meines Onkels, aus meinen Fieberträumen erwachte, wünschte ich, ich wäre dort geblieben. Mein Herz war gebrochen und meine Seele zermartert von den schrecklichen Bildern, die ich gesehen hatte.

Der Schmerz übermannte mich erneut. Meine Familie, alle mit denen ich aufgewachsen war, waren tot. Vater, Mutter, meine Schwester! Was hatte mein Leben noch für einen Sinn, wenn sie alle nicht mehr da waren? Was hatte es noch für einen Sinn, wenn ich nie wieder das fröhliche Lachen meiner Schwester hören würde? Nie wieder würde meine Mutter uns spät am Abend schimpfend ins Bett schicken, weil wir noch so lange mit den Kätzchen im Heu gespielt hatten.

Nie wieder würde mein Vater uns abends aus unseren Betten holen, um uns die Sterne zu zeigen, wie sie da oben auf uns herunterleuchteten. Nie wieder würde ich neben meiner Schwester einschlafen können und mich an ihren warmen, zarten Körper kuscheln.

Langsam wich mein Kummer jedoch dem Zorn. Warum? Warum hatten sie alle sterben müssen? Warum hatte ich nicht mit ihnen sterben dürfen? Warum war Gott so grausam zu mir? Warum hatte Er mir das angetan? Ich hasste Ihn dafür! Ich hasste sie alle. Jene, die gestorben waren, weil sie mich allein gelassen hatten und jene, die mich gesund pflegten. Warum hatten sie mich nicht einfach sterben lassen? Aber am meisten hasste ich Ihn.

Als dann aber auch schließlich der Zorn verflogen war, klarten sich meine Gedanken langsam auf. Weder die Toten noch die Lebenden, die ich gehasst hatte, konnten etwas dafür, was geschehen war. Einzig und allein das Schicksal leitete unsere Wege und begleitete jeden einzelnen von uns bis zu seinem Ende.

Gott jedoch schien nur wenige, auserwählte Menschen auf ihren Wegen zu begleiten. Menschen, die etwas Besonderes waren. Heilige Menschen. So wie die heilige Ursula. Sie war mein ganzes Leben lang ein großes Vorbild für mich gewesen. Ich bewunderte sie für ihre Weisheit und ihren Mut. Ihren Mut, sich in einer so männer-beherrschten Welt durchzusetzen. Aber vor allem hatte ich sie für ihr Vertrauen in Gott bewundert. Seit mein Vater mir ihre Geschichte das erste Mal erzählt hatte, wollte ich so sein wie sie. Stark, weise, fromm und wunderschön.

Doch Gott war stets bei ihr gewesen. Hatte sie immer begleitet. Mich jedoch hatte Er verlassen. Oder war Er niemals bei mir gewesen? Sah Er nur noch von oben herab, auf seine Kinder, ohne irgendetwas zu tun, um ihre Not zu lindern? Oder hatte ich etwas getan, was Ihn erzürnt hatte? Musste ich deshalb so leiden? Würde Er vergeben? Würde Er zu mir zurückkehren? War ich nun völlig alleine?

Erneut wurde ich von Einsamkeit geplagt, und die Toten suchten mich in jeder Nacht heim. Ich war zu einer willenlosen Puppe geworden, deren Leben immer leerer und einsamer zu werden schien, je mehr Tage sie sah.

Weitere zwei Wochen nach meinem Erwachen lag ich krank in meinem Bett und mein körperlicher Zustand besserte sich allmählich. In diesen Wochen kam mich mein Onkel oft besuchen und ich bemerkte, dass auch er von der Trauer um seine Schwester erfüllt war. Er war ausgemergelt und um seine braun-grünen Augen, die früher so strahlend und fröhlich zu mir herabgesehen hatten, lagen jetzt tiefe Schatten.

Es waren beruhigende und kraftschöpfende Stunden, die wir beide miteinander verbrachten, auch wenn wir oft nur zusammen saßen und unsere leeren Blicke über die nahe gelegenen Felder streifen ließen, um den Bauern bei ihrer Arbeit zuzusehen. Doch gleich wie viele von ihnen dort arbeiteten, wir sahen sie ja doch nicht.

Oft saßen wir aber auch zusammen und redeten. Redeten über die Vergangenheit, über die Gegenwart und die Zukunft.

So kam es dazu, dass mein Onkel mich dazu überredete, mich dem Dritten Orden des heiligen Franziskus anzuschließen, um dort spezielle Gebetspflichten für meine verstorbene Familie zu übernehmen. Ich wusste, wie viel es meinem Onkel bedeutete, dass ich dies tat, wusste, dass ich ihm zu großem Dank verpflichtet war und sagte, trotz meines schwankenden Glaubens, zu.

II.

"Angela?" Ich drehte mich um. Hinter mir erblickte ich meinen Vetter Bartolomeo. Er war zu mir auf das Heck getreten und stand nun dicht hinter mir. Ich hatte ihn, so tief in Gedanken versunken, nicht bemerkt und war daher beim Klang seiner Stimme leicht zusammen gezuckt. Das amüsierte ihn anscheinend sehr, denn er grinste auf mich herab wie ein kleiner Junge, der dem Stall Ausmisten entgangen war und den Anderen schadenfroh bei ihrer Arbeit zusah.

"Klein Angela hat sich doch nicht etwa erschreckt, oder?"

"Was willst du Bartolomeo?"

"Also hast du dich erschreckt!" Das Grinsen, welches sich nun auf seinem Gesicht zeigte, war so breit, dass man hätte meinen können, es zöge sich um seinen gesamten Kopf herum. Sein Verhalten erinnerte mich immer wieder an den kleinen Jungen, der er einst gewesen war.

Doch auch an ihm war die Zeit nicht spurlos vorüber gezogen. Durch seine langen schwarzen Haare zogen sich bereits silbrige Strähnen und seine durch die Sonne gebräunte Haut würde bald an eine vertrocknete Walnuss erinnern.

"Was willst du?", wiederholte ich und drehte mich nun komplett zu ihm herum.

"Och, Angela, kannst du es nicht wenigstens einmal zugeben, dass ich dich erschreckt habe?", fragte er enttäuscht. Als sich jedoch meine Miene zu verfinstern drohte, sagte er schnell, dass Antonio unten in der Kabine des Kapitäns warten würde und mit uns alles weitere für unsere Ankunft in Palästina besprechen wollte. Von dort aus wollten wir drei nach Jerusalem pilgern, zu den heiligsten Stätten unseres Herrn.

Mit einem Seufzer löste ich mich von dem Anblick der winkenden Menschen und dem jungen Mädchen und folgte Bartolomeo.

Bartolomeo. Bartolomeo, den ich seit seiner Geburt kannte. Er hatte sich kaum verändert. Damals, als ich an den Hof meines Onkels kam, war er gerade auf die Welt gekommen und hatte seine ersten Atemzüge an der frischen Luft geholt.

In den Jahren, die ich auf dem Hof verbracht hatte, waren wir eng zusammengewachsen und ein unzertrennliches Band der Freundschaft bestand zwischen uns. Damals wie heute. Doch den Platz meiner Schwester würde er niemals einnehmen können.

Unten in der Kabine angekommen erwarteten uns bereits Antonio, unser schweigsamer Begleiter, und der Kapitän. Sie beugten sich über eine riesige Karte und blickten erst auf, als wir vor ihnen standen. Der Kapitän begrüßte mich herzlich und stellte sich mir als Agostino vor. Dann beugte er sich wieder über die Karte und klärte uns über die Route und die Dauer der Reise auf.

"Wenn alles gut läuft", sagte er, "müssten wir in elf bis zwölf Tagen Kreta erreichen, von dort brauchen wir noch gut zwei Wochen, bis wir wieder festen Boden unter den Füßen haben. Also noch einen knappen Monat."

Einen knappen Monat. Wie schnell doch diese verfluchte Zeit umging. Einen Monat noch und wir waren in Jerusalem. Meine Gedanken überschlugen sich und ich versuchte jeden Einzelnen von ihnen ruhig und langsam durch meinen Kopf gehen zu lassen, damit sie mir nicht davon liefen, wie sie es in letzter Zeit oft taten.

Bald würden wir in Jerusalem sein. Bald würde die Grabeskirche, in der unser Herr Jesus zu Grabe gelegt wurde, in ihrer vollen Pracht, in welcher die Kreuzfahrer sie neu errichtet hatten, vor uns stehen. Bald würden wir die Stätte des heiligen Abendmahls vor uns sehen. Wir würden in dem Garten Gethsemane wandern und den Leidensweg unseres Herrn entlang schreiten.

Ich war von einer Vorfreude gepackt worden, wie ich sie noch nie zuvor erlebt hatte. Obwohl ich anfangs noch nicht begeistert gewesen war, diese Reise anzutreten, war ich dennoch froh, mich für sie entschieden zu haben.

So hatte ich die Möglichkeit, völlig andere Menschen kennen zu lernen. Ihre Bräuche. Ihre Sitten. Vielleicht konnte ich sogar etwas über ihre Heilkunst lernen, das mir noch unbekannt war.

III.

Doch die Fahrt stellte sich als viel länger und ermüdender heraus, als ich gedacht hatte. Jeder Tag war das genaue Ebenbild des vorher gegangenen.

Meine Seele war gespannt vor Erwartungen und Angst, unser Ziel nicht zu erreichen. Doch mein Körper war erschöpft und ich spürte, wie ich von Tag zu Tag schwächer wurde.

Es war der Abend vor der Ankunft auf Kreta. An jenem Abend stand ich wieder einmal am Heck des Schiffes. Ich blickte hinaus auf die unendlichen Weiten des Meeres und den schier grenzenlosen Horizont und weidete meine Augen an seinem Anblick.

Es war eine sternenklare Nacht und der Vollmond warf sein silbernes Licht auf die endlosen schwarzen Tiefen des Meeres. An solchen Abenden hatte ich mir früher oft vorgestellt, meine Schwester ließe, vom Himmel herab, nur für mich, die Lichter der Nacht leuchten, um mir den Mut zu geben, meinen Weg weiter zu gehen. So wie sie es mir damals gesagt hatte. Damals, auf den Feldern unseres Onkels.

"Was tust du hier noch so spät?"

Bartolomeo trat neben mich. Obwohl ich ihn nicht sah, wusste ich es sofort. Ich kannte den Gang seiner Schritte. Wie er sich bewegte. Den Klang seiner Stimme. Das alles kannte ich so gut, ich hätte ihn selbst als Blinde immer erkannt. Immer.

"Du solltest doch unten bleiben. Du warst die letzten Tage so geschwächt. Es ist nicht gut, wenn du hier immer in dieser Kälte stehst! Das weißt du auch!"

Ich antwortete nicht. Mein Blick lag immer noch auf den silbrig gefärbten Wellen.

"Du hast wieder an sie gedacht, richtig?"

Ich sagte immer noch nichts. Meine Gedanken formten Worte. Worte, die mein Mund hätte aussprechen sollen. Doch er tat es nicht.

Bartolomeo seufzte. "Angela", vorsichtig trat er näher an mich heran. "Du musst sie endlich vergessen!"

Meine Schwester vergessen? Meine eigene Schwester einfach aus meinen Gedanken aussperren? Nein, niemals! Das konnte ich nicht! Wie könnte ich sie jemals vergessen? Nein! Ich konnte und wollte es nicht!

"Angela, du darfst dein Leben nicht an eine Tote verschenken. Sie ist nicht mehr hier in dieser Welt! Also denke nicht an sie! Denke lieber an die Menschen, die hier sind! Im Jetzt und Heute! Es gibt so viele Menschen, die dich ehren und schätzen!" Er hob seine Hand und strich mir sanft eine Haarsträhne aus dem Gesicht und steckte sie hinter mein Ohr. "Und dich lieben Angela! Du hast nur deine Schwester im Kopf, aber denk auch an diese Menschen, Angela!"

Doch plötzlich spürte ich, wie meine Hände anfingen zu zittern. Mir wurde heiß. Entsetzlich heiß und der Anblick der sanften Wellen verschwamm vor meinen Augen.

"Angela? Ist alles in Ordnung mit dir?" Bartolomeo packte mich an den Schultern und drehte mich zu sich herum. "Angela?"

Ich sah in sein besorgtes Gesicht. Aber auch dieser Anblick verschwamm zu schnell um ein klares Bild daraus zu formen. Ich versuchte ihn zu halten, streckte meine Hand nach ihm aus, doch dann wurde alles um mich herum schwarz.

Das Letzte, was ich hörte und fühlte, war Bartolomeos entsetzter Aufschrei und seine Arme, die mich vor dem Aufprall auf die harten Planken bewahrten.

IV.

Ich sah hinaus. Hinaus auf ein unruhiges Meer. Ein dünner Mondstrahl beschien einen Teil der Wellen und ließ sie silbern in die dunkle Nacht hinein leuchten.

Doch plötzlich verwandelten sich die Wellen. Verwandelten sich in die Köpfe von Menschen. Vieler Menschen. Sie irrten umher, stießen gegen einander, gingen unter in den Massen und tauchten an einer weit entfernten Stelle wieder auf.

Doch das Licht des Mondes schien immer noch, es schien auf eine kleine Gruppe dieser Köpfe und aus ihnen erhob sich, voller Schönheit und Anmut, eine weibliche Gestalt. Sie stieg immer höher und höher, bis sie alle anderen überthronte.

Das Licht, welches von ihr ausging, war gleißend und hell, doch es tat nicht weh. Erst wusste ich nicht wer sie war, doch dann erkannte ich sie. Es war die heilige Ursula. Hinter ihr erkannte ich nun ihre Jungfrauen. Sie lächelten mir zu.

Ich musste zu ihnen! Musste sie erreichen, doch je schneller ich lief, um zu ihnen zu gelangen, desto weiter entfernten sie sich von mir, bis ich sie nicht mehr sehen konnte.

Es wurde dunkel um mich herum. Nun stand ich in einem kleinen Raum, in den nicht ein Lichtstrahl fiel. Ich hatte Angst. War ich nun ganz alleine? Wo waren all die Menschen? Hatten sie mich allein gelassen?

In diesem Moment vernahm ich hinter mir ein Geräusch. Ein Geräusch, wie das Rascheln eines langen Kleides, das auf den Boden schleifte. Ich drehte mich um.

Und da stand sie! Dort stand sie vor mir! Ihr langes, schwarzes Haar fiel ihr in sanften Locken bis zu den Hüften herab und umrahmte ihre blasse Gestalt. Sie hatte ein wunderschönes Gesicht mit grauen Augen, die so voller Güte und Liebe waren, wie ich sonst keine kannte. Auf ihrem roten Mund lag ein Lächeln, welches ihr Gesicht strahlen ließ wie einen kleinen Stern.

Mein Herz machte unwillkürlich einen Hüpfer. Sie war zu mir zurückgekehrt! Sie war hier! So wie damals auf dem Feld! Sie war wieder hier! Tränen des Glücks liefen meine Wangen hinunter, doch ich beachtete sie nicht. Denn alles was für mich jetzt noch zählte, war dieser Augenblick mit meiner geliebten Schwester.

"Geliebte Angela, ich bin hier im Auftrag unseres Herrn! Deshalb werde ich auch dieses Mal nicht lange bei dir bleiben können. Aber es ist nun an der Zeit, dass du, meine Schwester, die Aufgabe, welche dir vom Herrn gegeben wurde, wahrnimmst. Es ist deine Bestimmung und ihr zu folgen wird dich ehren. Erkenne deine Bestimmung, Angela! Erkenne sie!"

Als ich ihre Worte hörte, wich das Glücksgefühl, welches ich eben noch so stark empfunden hatte, dem Zorn.

"Ich werde keine Aufgabe wahrnehmen, die ich von Ihm erhalten habe!! Er hat dich sterben lassen! Er hat dich von meiner Seite gerissen! Es ist Seine Schuld, dass ich alles verlor, was mir jemals etwas bedeutete! Ich werde keine von Ihm gestellte Aufgabe erfüllen! Nicht eine, hörst du?"

Doch noch ehe ich meinen letzten Satz zu Ende gesprochen hatte, war meine Schwester bereits verschwunden.

V.

Ich erwachte mit einem Schlag. Alles um mich herum war dunkel und so wusste ich nicht, wo ich war. Ich hatte auch keinerlei Erinnerungen an die Dinge, die nach der Nacht auf dem Heck passiert waren. Also lauschte ich auf vertraute Geräusche, die mir vielleicht verrieten, wo ich mich befand. Ich hörte keinen Wellengang und der Raum, in dem ich mich befand, bewegte sich nicht.

Also waren wir anscheinend schon auf Kreta. So wie es aussah, war es noch dunkel draußen, denn ich konnte um mich herum nichts erkennen.

Doch da hörte ich das leise Zwitschern eines Vogels. Fing es nicht immer an zu dämmern, wenn die Vögel den Morgen besangen? Warum war es immer noch so dunkel? Gab es denn keine Fenster in diesem Raum?

Plötzlich packte mich die Angst. Wo war ich? War ich eingesperrt worden? Hatte man mich hier alleine gelassen? Wo waren die anderen? Was war in diesem Raum noch außer mir?

Vorsichtig erhob ich mich von meinem Lager und spürte einen deutlichen Luftzug an meinen Beinen. Dann hörte ich Schritte, die näher kamen und schließlich wurde ganz in meiner Nähe eine Tür geöffnet. Aber es war immer noch so dunkel, dass ich nicht die Hand vor Augen sah.

Die Schritte kamen näher. Ich kannte diesen Gang. Es musste Bartolomeo sein und er kam direkt auf mich zu.

"Bartolomeo?"

"Angela!" Jetzt wusste ich es sicher. Es war seine Stimme. "Gott sei Dank!" Seine Arme kamen wie aus dem Nichts und schlangen sich um mich. "Gott sei Dank, du bist wieder wach! Du hast fast zwei Tage geschlafen und hattest hohes Fieber! Alle sagten schon, du würdest sterben! Gott sei Dank, dass du wieder auf bist!" Seine Arme schlangen sich immer fester um mich und drohten mich zu zerquetschen.

"Bartolomeo, au, nicht so fest!"

"Oh, das tut mir Leid!" Bartolomeo ließ mich los, blieb aber trotzdem dicht bei mir stehen. Ich spürte es. Spürte seine Nähe. Seinen Atem auf meinem Gesicht.

Aber warum war es so dunkel? Warum konnte ich nicht einmal seine Umrisse erkennen?

"Bartolomeo, wo sind wir? Warum ist es hier so dunkel?"

Ich hörte wie sein Atem stockte. Eine ganze Zeitlang sagte er nichts. Schließlich hörte ich ihn tief einatmen.

"Angela, es ist heller Nachmittag und die Sonne steht hoch am Himmel."

Ein seltsames Gefühl packte mich.

"Aber, warum scheint hier kein Licht herein?"

Wieder stockte sein Atem. "Angela, hör auf mit den Scherzen! Hier scheint die Sonne herein wie nirgendwo sonst! Es ist nicht dunkel! Wir stehen mitten in einem Lichtstrahl, der direkt von der Sonne durchs Fenster hier herein geworfen wird! Also, erzähl mir nicht, es sei dunkel hier!"

Ich spürte, wie sich mein Herz zusammen zog. Es war hell? Die Sonne schien? Wie konnte das sein? Warum sah ich es nicht? Warum blieb es vor meinen Augen dunkel? War ich etwa…

Ich hob meine Hände. Ließ sie über meine Augen fahren. Doch da war nichts. Nicht ein Schatten bewegte sich vor mir.

Meine Hände fingen erneut an zu zittern. War ich etwa blind?

"Angela? Was ist mit dir?"

Ich hörte Bartolomeos Stimme dicht bei mir, doch drang sie nur schwach zu mir und ich merkte kaum, wie er meine Schultern nahm und mich sachte hin und her schüttelte.

"Angela!"

Es traf mich wie ein Schlag. Ich war blind. Ich konnte nicht mehr sehen. Nie wieder würde ich über das Meer sehen können. Ich würde niemals wieder die Sterne sehen und ihr sanftes Licht genießen können. Nie wieder würde ich einen glühenden Sonnenuntergang sehen.

Ich konnte es nicht mehr sehen. Ich konnte nie wieder Bartolomeos Gesicht sehen!

Eine Träne ran meine Wange hinunter und fiel auf meine Hand.

Von nun an wich Bartolomeo nicht mehr von meiner Seite. Es fiel mir sehr schwer, mich daran zu gewöhnen, dass ich meine Augen nun nicht mehr benutzen konnte. Erst jetzt erkannte ich ihren wahren Wert. Die ganze Schönheit der Welt, die ich früher so gerne bewundert hatte, würde für mich nun immer im Verborgenen bleiben. Nur die Erinnerungen würden als Bilder in meinen Gedanken bleiben.

Doch nun, meines Augenlichtes beraubt, versuchte ich so gut wie möglich damit zu leben. Und Bartolomeo half mir dabei. Er kümmerte sich so aufopferungsvoll um mich, als wäre ich seine neugeborene Tochter. Er half mir beim Waschen und Umziehen und geleitete mich überall hin. Doch der größte Gefallen, den er mir wohl tat, waren seine Beschreibungen. Überall wo wir waren, bat ich ihn mir alles um uns herum zu beschreiben, damit ich mir ein Bild in meinem Kopf formen konnte.

Nach außen hin versuchte ich mich gefasst zu geben. Versuchte zu wirken, als würde ich damit umgehen können. Doch in den späten Abendstunden quälten mich meine Gedanken. Warum war ich so plötzlich erblindet? Wie konnte so etwas geschehen? Hatte es etwas mit dem Traum zu tun, den ich die Nacht zuvor geträumt hatte? Hatte Gott wirklich seinen Blick auf mich geworfen? War er es gewesen, der mich erblinden lies? Wollte er mich so bestrafen, für das, was ich gesagt hatte? All diese Gedanken ließen mich nicht los.

Und so setzten wir unsere Reise nach Jerusalem fort. Langsam lernte ich, mit meiner neuen Situation fertig zu werden, und Bartolomeo musste immer weniger für mich tun. Nur auf seine Beschreibungen, die mir soviel bedeuteten, wollte ich nicht verzichten.

VI.

Nach drei Tagen Aufenthalt auf Kreta und weiteren sechzehn auf unserem Schiff, erreichten wir Palästina. Von dort aus pilgerten wir, nach kurzem Aufenthalt weiter nach Jerusalem. Wir kamen nur langsam voran, da meine Schritte noch sehr vorsichtig und bedacht waren. Bartolomeo wich kaum von meiner Seite und Antonio, unser stiller Gefährte, lief oft voraus, um den einfachsten Weg für uns zu suchen.

Während der Reise merkte ich, wie sich meine Sinne immer mehr schärften. Schon während der Schiffsfahrt, hatte ich angefangen mich immer mehr auf mein Gehör zu verlassen. Es war fast so, als ob meine Sinne versuchten, das erloschene Augenlicht zu ersetzen, indem sie umso mehr leisteten.

Nach einer mühsamen Reise erreichten wir schließlich Jerusalem. Ich hörte schon von weitem das Treiben der vielen Menschen, die dort ein- und ausgingen und roch ihren Unrat. Bartolomeo beschrieb sie mir als eine wunderschöne, riesige Stadt. Doch je mehr er mir von ihr erzählte, desto schlimmer empfand ich meine Blindheit. Ich wollte sie sehen! Ich wollte diese Stadt mit meinen eigenen Augen sehen! Warum war ich ausgerechnet zu dieser Zeit erblindet?

Wir blieben ungefähr fünfzehn Tage in Jerusalem. Wir besuchten die Grabeskirche und die Stätte des Abendmahls. Wir gingen auf den Zions- und den Ölberg. Gingen alle vierzehn Stationen des Kreuzweges entlang. Dort trafen wir zufällig auf einen weiteren Pilger aus unserer Heimat, mit dem Namen Pietro della Puglia. Er schloss sich unserer Pilgerfahrt an und es stellte sich heraus, dass er der Kämmerer unseres Papstes Klemens VII. war.

Alle diese Dinge waren für mich wunderschöne und belehrende Erlebnisse. Denn dank Antonios, Bartolomeos und später auch Pietros Beschreibungen konnte ich mir Bilder in meinem Kopf ausmalen, die mir den Atem nahmen.

Doch die schönsten Erlebnisse, die ich wohl mitgenommen habe, waren die gemeinsamen Spaziergänge mit Bartolomeo im Garten Gethsemane. In den letzten Tagen unseres Aufenthaltes gingen wir dort oft spazieren, während uns die Sonne wärmte.

Auch den letzten Tag unseres Aufenthalts in Jerusalem verbrachten wir zwei, zum größten Teil, in diesem Garten. Lange Zeit standen wir zwischen den Ölbäumen und ich spürte, wie die Wärme der Sonne immer schwächer wurde. Ich genoss ihre letzten weichen Strahlen in meinem Gesicht und reckte mich ihnen entgegen. Bartolomeo stand neben mir und beschrieb mir, wohl schon zum zehnten Mal, die uralten Ölbäume und die wunderschönen Pflanzen, die um sie herum wuchsen.

Ich atmete tief ein. Zog die frische, Luft in mich hinein und ließ sie nur langsam wieder hinaus. Es tat gut nicht mehr die stickige und verpestete Luft der Stadt riechen zu müssen. Die Luft hier war rein und nur ein leichter süßlicher Geruch verriet, dass viele Pflanzen in Blüte standen.

Ein leises Summen ertönte dicht neben meinem Ohr und ich zuckte zusammen. Die Insekten waren anscheinend noch fleißig bei der Arbeit, denn nun, als ich genauer hinhörte war die Luft erfüllt von ihren Geräuschen.

Neben mir vernahm ich den Laut, eines Menschen, der sich bückte. Ich streckte meine Hände aus und bemerkte, dass Bartolomeo nicht mehr neben mir stand.

"Bartolomeo? Was machst du da unten?"

"Das siehst du gleich", lachte er leise und ich hörte wie er etwas pflückte.

Dann richtete er sich wieder auf und seine Schritte verrieten mir, dass er sich mir näherte, bis er dicht vor mir stehen blieb. Ich spürte wie er mir vorsichtig meine Haare hinters Ohr strich er und mir etwas Kaltes hinzu steckte.

"Die hier ist für dich. Und nun lass uns wieder zurückkehren", flüsterte er und nahm mich an die Hand. Ein süßer Geruch stieg in meine Nase und ich wusste, dass er mir eine Blüte ins Haar gesteckt hatte. Mit einem Lächeln folgte ich Bartolomeo.

VII.

Mit meinen leeren Augen blickte ich zurück. Zurück auf ein Land, welches ich niemals gesehen hatte und wahrscheinlich auch niemals sehen würde. Zurück auf ein Land, das immer in meiner Erinnerung bleiben würde, auch wenn ich keine Bilder mitnahm.

Ich spürte einen kalten Wind auf meinem Gesicht, roch die salzige Seeluft und wusste, dass dies nun der Abschied war und eine lange Fahrt in die Heimat vor uns lag.

Mein Herz war schwer, denn es war eine schöne Zeit gewesen. Trotz meines fehlenden Augenlichtes. Ich wollte nicht länger hier stehen und so rief ich nach Bartolomeo und er brachte mich unter Deck. Ich wollte mich ein wenig ausruhen. Nachdem ich mich bei ihm bedankt hatte, legte ich mich auf mein Lager.

Unwillkürlich musste ich an unsere Abfahrt in Italien denken. Damals, als ich mein Augenlicht noch besaß. Warum? Warum war es mir genommen worden? War es wirklich Gott gewesen? Warum hatte Er seinen Blick auf mich geworfen? Ich hatte gedacht, Er hätte mich verlassen. War Er also wirklich bei mir?

"Gott war immer bei dir Angela!"

Ich fuhr herum. Diese Stimme! Das musste meine Schwester sein! Wo war sie?

"Ich bin hier geliebte Schwester. Genau vor dir. Aber du kannst mich nicht sehen. Denn Gott hat dir dein Augenlicht genommen."

"Warum? Warum hat Er das getan?", rief ich verzweifelt und versuchte immer noch meine Schwester zu finden.

"Es war die einzige Möglichkeit dich davon zu überzeugen, dass Er immer bei dir gewesen ist und immer sein wird."

Mein Herz fing an, laut in meiner Brust zu pochen. Bekam ich nun endlich die Antworten auf all meine Fragen?

"Er war niemals bei mir! Wäre Er bei mir gewesen, hätte ich niemals so leiden müssen! Er hätte dich beschützt! Er hätte euch alle niemals sterben lassen!"

"Du verstehst nicht Angela", ich hörte das Rascheln eines langen Kleides und leise Schritte die auf mich zukamen. "Gott war bei *dir*, und nicht bei uns. Er konnte dich beschützen, aber nicht uns alle.

Gottes Macht reicht nicht aus, um den Lauf der Dinge zu ändern und auch nicht, um allen Menschen ein glückliches und sorgenfreies Leben zu schenken. In dieser Welt gibt es so viel Böses, dass sogar unser allmächtiger Vater nicht dagegen ankommt. Verstehst du? Durch jede Gute Tat, die in dieser Welt vollbracht wird, steigt die Macht unseres Herrn. Doch leider wird sie zugleich auch mit jeder bösen Tat geschmälert.

Und so ist seine Macht nun sehr geschwächt und er kann nur noch wenige Menschen auf ihren Wegen begleiten. Und du bist einer von diesen Menschen. Du wurdest auserwählt, eine Gemeinschaft von Frauen zu gründen, um den Kranken und Armen zu helfen und junge Mädchen zu lehren. Das ist deine Aufgabe."

"Also war Gott wirklich immer bei mir?"

"Ja, genauso wie ich."

Ein Gefühl des Glückes durchströmte meinen Körper. Ich war niemals alleine gewesen? Niemals in all den Jahren? Sie hatten mich stets begleitet? Ich schämte mich meiner eigenen Naivität. Wie konnte ich nur einen Moment an Gott gezweifelt haben?

Doch nun wusste ich nicht so recht ob ich mich freuen oder trauern sollte. Ich hatte so oft an Ihm gezweifelt! Hatte ich überhaupt noch ein Recht diese Aufgabe anzunehmen?

Ich hörte wie meine Schwester sich bewegte. Dann plötzlich legte sie mir ihre Hand auf die Augen.

"Du hast mehr als jemals zuvor ein Recht auf diese Aufgabe. Denn du hast zu Ihm zurück gefunden, Schwester! Also, wirst du dich dieser Aufgabe annehmen?"

Tränen rannen meine Wangen hinunter, doch meine Schwester beachtete sie nicht.

"Und ihr werdet mich auch niemals alleine lassen?"

"Wir werden immer bei dir sein, Angela! Nimmst du deine Bestimmung an?"

"Ja, das werde ich!"

Plötzlich machte sich in mir ein Gefühl breit, welches ich nie zuvor gespürt hatte. Ich fühlte mich leicht. So unendlich leicht! Und glücklich. Endlich kannte ich die

Wahrheit über alles und ich war nicht alleine! Gott und meine Schwester würden über mich wachen.

Ich spürte, wie meine Schwester nun vorsichtig ihre Hand von meinen Augen nahm. Sie sah mich an und lächelte, während ihre Gestalt immer schwächer zu erkennen war. Ich lächelte zurück und erst da bemerkte ich die Veränderung.

Ich konnte sie sehen. Zwar war ihre Gestalt nun schon fast verschwunden, aber ich konnte sie dennoch erkennen. Auch die Umrisse des Raumes lagen nun klar und deutlich vor meinen Augen. Ich konnte wieder sehen! Gott hatte mir mein Augenlicht wiedergegeben!

Sofort lief ich los und suchte Bartolomeo. Ich fand ihn an Deck und als er mich sah und ich ihm die freudige Neuigkeit überbrachte, fand ich mich kurz darauf in seinen Armen wieder.

"Wenn ich dich je vergesse, Jerusalem, dann soll mir meine rechte Hand verdorren. Die Zunge soll mir am Gaumen kleben, wenn ich an dich nicht mehr denke, wenn ich Jerusalem nicht zu meiner höchsten Freude erhebe." Psalm 137,5-6

Gesa Jessen

Gold und Kreide

Der Himmel hat die Farbe von Glas angenommen.
Der Sommer ist verrauscht, der Herbst davongezogen, den Winter rufend; der ist
lange schon gekommen, auf den Schwingen des Ostwinds.
Schnee fällt, silberhell, des Nachts und des Tages, ein nicht endender Reigen.

Unter ihrem Mantel aus flockenleichtem Weiß weint die Stadt und die Tränen der
Frauen erstarren zu Eis auf den Stufen der Kathedralen.

Es ist ein gleißender Augusttag, an dem ich Angela das erste mal sehe. An dem ich
ihre weiche, leise Stimme höre und ihre Hand meine umfasst, mit schmalen Fingern,
die noch die eines Kindes sind.
Die Sonne flutet über die ausgebreitete Spiegelfläche des Gardasees und verwandelt
ihn in eine reflektierende Schale aus Silber und Licht.
Mein Blick fliegt über das Wasser und die Berge im Dunst des schwülen Sommers
und vor meinen Augen verschwimmen die strengen Buchstaben, wenn ich mich
wieder über die Schriften in meinem Schoß beuge; das gleißende Licht hallt nach
und blendet aus, was um mich ist.
Dennoch; "*Scivias*", Hildegard von Bingens rauschender Lobgesang auf die
funkelnde Welt findet seinen leisen Weg in meinen Geist an diesem
sonnendurchbrochenen Tag.
Und Angela findet ihn auch.

Es sind leise Schritte auf dem niedergedrückten Gras des Pfades, die mich aufsehen
lassen.
Zuerst erkenne ich niemanden; nur die Stille zwischen den hohen Fliederhecken
duftet süß und schwer nach Honig und Wein und die Wellen des Sees schlagen sanft
gegen unsere Klosterinsel.
Dann entdecke ich das Mädchen, das an einen gewundenen Stamm gelehnt steht,
zwischen weißen Magnolienblüten, die leise fallen.
Für wenige Flügelschläge treffen sich unsere Blicke, bevor ihre Mundwinkel sich zu
einem schiefen Lächeln heben und ich "Friede mit dir, Schwester", murmele.
In diesem Moment sieht sie mich an und nichts anderes geschieht um uns, die Luft
bleibt unbewegt und die Bäume verstummen im Wispern und Raunen.
Dann blickt sie auf den See hinaus, der im Licht verglüht, und ihre dunkelblauen
Augen werden blasser.
Aber ich habe sie gesehen; die Farbe von kaltem Wasser und Eis, die Angelas
Augen eigentlich innewohnt.

Sie lässt sich neben mich ins Gras fallen und faltet die Hände im Schoß und als sie den Kopf neigt und fragt, was ich läse, bemerke ich, wie jung sie ist.

Kaum zehn Jahre hat sie erlebt.

Ihr herzförmiges Gesicht und ihr sandfarbenes Haar, das in Zöpfen wie eine Krone um ihren Kopf gewunden liegt, gehören einem Kind.

Aber nicht ihre Augen.

Ihre dunklen Augen sind uralt.

So treffen Angela und ich aufeinander, an einem dunstigen Augusttag auf der Isola di Garda, im blühenden Garten des Franziskanerklosters.

Ich glaube damals, sie ist eine Waise oder eine Novizenschülerin, doch sie hat bereits den Entschluss gefasst, dem dritten Orden des heiligen Franziskus beizutreten.

Vielleicht wandert sie an jenem Tag zufällig den kleinen, gewundenen Pfad hinunter zum Ufer des Sees und findet mich mit Hildegards rauschenden Worten vom rechten Weg, doch manchmal werde ich in den kommenden Jahren denken, dass selbst diese leichten Kinderschritte von unserem Herrn gelenkt werden und jeder einzelne sein eigenes, goldenes Gewicht hat.

An diese Tag beginnt sie Fragen zu stellen, während sie mit den Fingerspitzen durch das trockene Gras streicht und ich beginne zu antworten.

Sie kommt ausgerechnet zu mir; zu einer Nonne, die selbst noch ein Kind ist, mit unbeholfenem Denken; mit kleiner, hektischer Schrift.

Ich habe vor wenigen Wochen erst den Namen Ursula angenommen, nach einer Heiligen, die man in meinem Heimatdorf verehrt und die meine Mutter mit Rosmarin bekränzt hat.

Es ist der Sommer, in dem ich achtzehn Jahre alt werde und somit bleibt eine Spanne von sechs Sommern zwischen Angela und mir.

***

Schwergolden fällt die Wintersonne durch die hohen Bleiglasfenster der Klosterbibliothek und tanzt über den Boden.

In der Ferne läuten sie die Glocken; es verhallt in der klaren Luft über dem See.

Ich sitze regungslos seit Stunden, vignettengeschmückte Handschriften vor mir, die nach Tinte und Blut riechen, nach Staub und Rosen.

Am Ende jedes klingenden Verses hebe ich den Kopf und sehe zu dem Mädchen herüber, das an eine Säule gelehnt auf dem Boden sitzt, umgeben von Flachs, und die Spindel dreht, ruhig und sicher.

In den vergangenen Jahren habe ich Angela jegliche Arbeit mit dieser stillen Besonnenheit verrichten sehen; sie wäscht Leinen im vereisten Brunnenwasser mit der gleichen Ruhe, mit der sie Bohnen erntet und das Gloria singt.

Ich habe versucht, es ihr nachzutun, den Futtertrögen ebensoviel Gewissenhaftigkeit zu widmen wie den duftenden Evangelien auf griechischem Papier.

Oder ihrem einladenden Lächeln zu folgen und neben ihr zu spinnen, Wolle, für die Kinder, die am Westportal der Kirche süßes Brot verkaufen und immer frieren.
Aber stets lockt mich eine der glühenden, paradiesisch bunten Handschriften und Angela lacht ungläubig und sagt:
"Aber es sind doch nur Schriften."
Ich könnte etwas erwidern, aber sie lachen zu sehen lässt mich Bücher und Evangelien vergessen.

***

Warm und weich rinnen Angelas Haare durch meine Finger, während ich Strähne um Strähne in ein sauberes Muster flechte, übereinander, verwoben.
Meine eigene Stimme klingt fremd, während ich von meiner Mutter spreche, vom heiligen Augustinus, meinem Heimatdorf in den Bergen, von Gott.
Angela schließt die Augen und lauscht.
Überall ist Friede, in diesen Momenten.
Ich streiche eine honigharzfarbene Locke zurück und frage nach ihrer Familie, wieder und wieder.
Ihr Onkel lebt in Salo am Ufer, das ist alles, was ich von ihr weiß.
Sie öffnet die Augen, wie in den Nächten, wenn sie träumt und weint und dann erwacht, unvermittelt und daliegt, regungslos, atemlos.
In den Nächten, wenn sie glaubt, ich würde schlafen.
"Ich bin in einem Haus mit roten Fußböden und grünen Fensterläden großgeworden", sagt Angela leise.
"Mein Vater schnitzte einen Altar in unserem Stall und meine Mutter buk immer zuviel Brot an Samstagen, für die Bettler vor der Kirche.
Meine Schwester brachte mir Lesen und Schreiben bei, als ich klein war und auch den Kindern aus den Gassen, die immer barfuss liefen, selbst im Schnee."
Ich kämme stumm durch ihre Haare und meine Finger zittern.
Plötzlich will ich nicht mehr zuhören, aber sie spricht weiter.
"Jetzt sind sie alle tot, Ursula."
Sie setzt sich gerade auf und starrt in die blank geriebene Fläche des Messingspiegels.
Ihre Augen sind hart und weit aufgerissen und verschwimmen in der Spiegelfläche.
"Sie sind tot und ich lebe. Ich lebe, weil Gott mich leitet, damit ich sein Werk vollbringe, den Menschen sein Lächeln und seine Wärme und sein Brot schenke.
Ich lebe, weil Gott mich führt. Wir alle bleiben in seiner Gnade. Es ist eine Gnade, dass ich ihm dienen darf."
Meine Hände sind von ihren Schultern gesunken, der Kamm auf die Dielen gefallen.
Ich weiß, dass sie nicht mehr zu mir spricht.
Ich spüre, wie ihr ganzes Sein in die Höhe und in die Ferne wandert und dass sie wieder weinen wird, als kleines, einsames Mädchen, wenn Gott ihr zu groß erscheint und das Ausmaß an Elend, an Tod und Leid übermächtig wird.

Jetzt aber schüttelt sie den Kopf und lächelt und sagt:
"Ach, Ursula, diese Haartracht gebührt einer Königin, nicht mir. Was soll ich denn
mit einem Kopf voller Flechten und Lockenkronen?"

***

Nebel weht über die Isola di Garda, verfängt sich in den Rosenhecken unter ihrem herbstlichen Rostschleier.

Wir stehen zwischen den Kohlköpfen und Ranunkeln des Klostergartens, umgeben von weißen Steinen, geharkten Wegen, Erbsen und Brunnenkresse.

"Ich muss gehen, Ursula", flüstert Angela, eine Hand auf meiner Schulter, nass und voller schwarzer Erde.

"In Desenzano gibt es Mädchen, die Gottes Worte brauchen."

Ich sehe die hell erleuchteten Fenster der Bibliothek hinter den efeuumrankten Mauern im Nebel verschwimmen und lächele.

"Dann komme ich mit dir."

Angelas Hände schließen sich um meine.

"Nein, Schwester. Du gehörst hierher."

Nebel legt sich auf unsere Schleier und Hände, Nebel sinkt.

***

In der Nacht, bevor sie geht, erwache ich und höre ihre erstickten Tränen.

Ich murmele leise ihren Namen.

Ihre Augen treffen mich; hart und weit aufgerissen und gejagt, glänzend.

"Der Herr", stößt sie flüsternd hervor. Sie ringt nach Luft.

"Der Herr spricht mit mir."

Mir wird kalt.

Angela schlingt die Arme um den Oberkörper und flüstert, sie sei zu schwach, sie sei nicht würdig, sie sei nicht bereit.

"Ich habe solche Angst, ich habe solche Angst, ich..."

Die Nacht dauert an und ich streiche über ihre Haare; wieder und wieder und wieder; eine leichte, monotone Bewegung; streichele ihre schweißnassen, goldenen Haare, bis ihr Gesicht sich entspannt und sie schläft.

***

Angela lebt in Brescia und strickt immer noch Wamse für frierende Kinder vor Kirchen und Spitälern.

Wie in den Jahren in Desenzano kommt sie unerwartet und leise, manchmal mitten in der Nacht, noch ehe ich den Schleier zur Matutin richte.

Sie ist älter geworden, Jahrzehnte sind vergangen und dennoch ist ihr gezeichnetes Gesicht mädchenhaft zart.

Sie ist schmal und ausgezehrt, die Augen umschattet, glänzend.

Ich lege den Arm vorsichtig um sie; sitze auf der Kante des harten Bettes und spreche in die Dunkelheit hinein, in der sie meine Hand schließlich loslässt und schläft

Dann beginne ich zu beten, bis der Morgen blass und golden heranblaut.

Angela hat sich soeben von einem brennenden Fieber erholt, von Nächten voller
Tränen, von Ohnmachten, Aderlässen, als sie sich entschließt, ins Heilige Land zu
reisen.
Freunde aus Brescia haben den Reiseführer der Franziskaner bezahlt und ich sie
angefleht, die Pilgerfahrt zu wagen,
ein wenig Zeit weit weg von Kranken und Bettelnden zu verbringen.
Sie ist nicht erfreut darüber,
sie arbeitet voll Inbrunst und Willensstärke.
Ihr Vetter und der Kaufmann, die mit uns reisen werden, ahnen nichts von Angelas
Krankheit und Schwäche,
sie erbeten ihren Rat, ihr Mitgefühl, aber sie wagen nicht,
ihr zu nahe zu treten.
Sie brauchen ihre sanften Hände und lächelnden Worte.
Diese lächelnden Worte machen Angela umringt von Helfern und Wegbegleitern
und dennoch stetig einsam.
Ihr Lächeln und ihr Sein machen sie fremd und unnahbar, selbst wenn sie die
Kranken und kleinen, weinenden Kinder umarmt.
Wie Bleiglas legt sich Gottes Gegenwart über das Mädchen im grauen Kleid.
Sie ist die, mit der Gott spricht.
Sie ist die, die allen alles opfert.
Ja, es macht sie stetig einsam.
Und mich mit ihr.

***

Die Sonne geht malvenfarben, lavendelmatt über den Hügeln Kretas unter.
Ich sitze schweigend am Fenster, während Angela, von Krankheit und Schwäche
niedergestreckt, auf drei Kissen gestützt daliegt und davon spricht, wie sie eine
Gemeinschaft von Schwestern gründen wird, so, wie Gott es verlangt und wie sie
Gott dienen kann.
Ihre Stimme ist heiser.
"Was wirst du tun, Ursula? Nach Rom gehen, in den Palast des Papstes?", fragt sie.
Ich falte die Hände im Schoß.
"Ich werde auf dich warten und an deiner Seite sein, Schwester."
In dieser Nacht steigt ihr Fieber und nimmt ihr erst die Luft und dann das
Augenlicht.
In der schwellenden Düsternis setzte ich den Wasserkrug an ihre Lippen und spreche
die alten Gebete.
Als die Sonne sich hebt, flüstert Angela: "Willst du nicht dein eigenes Leben?"
Vor uns weitet sich und glänzt das Land.

Tau und Regen schwämmen über duftende Ackerschollen, überall verschwimmen Wasser, Gras und Erde.

"Ein eigenes Leben?", frage ich sie.

Unsere Blicke treffen sich.

Ihre Augen sind angefüllt mit der Farbe der Nacht, mit den heiseren, fiebernden Ängsten der Nacht.

Ich lebe und stehe an diesem glänzenden, überquellenden Morgen auf, um neben ihr zu gehen, um vor und hinter ihr zu sein.

Ich will nicht ihr Lächeln und ihre Worte, ihre warmen Hände, ihre Gottesnähe.

Ich begnüge mich mit ihrer Angst in der Dunkelheit.

Mein eigenes Leben hat sich mit ihrem verwoben.

Ich bin kaum noch Ursula, die Nonne.

Ich bin ihre Beschützerin, ihre Schwester.

Ich weiß nicht, ob sie mich braucht, ich versuche es zu glauben.

Ich bleibe bei ihr, mit allem meinem Leben.

Weil ich es muss.

Weil ich sie liebe.

***

Das Meer ist ein einziger blauer Kristall, von innen heraus erleuchtet.

Wind fährt durch unsere Haare und Schleier, in alle Segel und Banner.

"Gottes Atem", flüstert Angela und streicht mit geöffneten Händen zärtlich durch die Luft, die nach Zedern und Zypressen duftet.

In mir zieht sich der Schmerz zu einem Fleck Dunkelheit zusammen, während sie neben mir an der Reling steht, gerade und ruhig und nicht das sprühende Blau des Meeres sieht, wie es in den Himmel überfließt.

Luft entweicht meinen Lippen ruckartiger, als ich die Tränen unterdrücke, klare Silberwasserperlen im gleißenden Licht, das auf dem Mittelmeer spielt.

Sie sieht es nicht.

Sie sieht nicht.

Warm legt sich ihre kleine Kinderhand auf meine Schulter; warm dringt sie durch den Stoff des Kleides.

"Weine nicht, Schwester."

Ihre Worte klingen leicht und verwehen im Seewind, fliegen auf in die weißen Segel, mit den Möwen.

Höher.

Aufjubelnd.

"Weine nicht, Ursula. Bitte. Ich fühle, ich rieche, ich schmecke, ich höre Gottes Gegenwart. Bitte vergiss das nicht, Schwester."

Ich sehe sie an, ihr blasses Gesicht, schmal, wie eine Wachsmaske, seit die Krankheit sie ergriffen und ausgezehrt hat.

Ihre Wangenknochen sind die feinen Züge eines kleinen Vogels.

Das Lächeln auf ihren trockenen Lippen zerreißt alles in mir.

Mitleid.

Ich leide mit ihr.

Ich leide mit allen.

Und sie lächelt und flüstert "Schwester", und atmet Gottes Geruch ein, Gottes Licht, Gottes Wärme, die über das Schiff streift, über den Hafen.

Neben mir lehnt an der Reling das kleine Mädchen, längst kein Mädchen mehr, gemessen in Jahren, das nachts weint und am Tag lächelt, ohne die Menschen zu sehen, die ihren Rat erbitten, ohne auch nur den geringsten Zweifel an Gottes Gnade.

Gottes Gnade, die ihr Farben genommen hat, Licht, Formen.

Ich lächele bitter und sie sieht es nicht; sie streicht immer noch über meine Schulter und ihre weit aufgerissenen Augen bleiben stumpf und hell.

"Weine nicht, Ursula."

Sie steht so still, die eine Hand hebt sich in einer weichen, fließenden Bewegung in Richtung des flimmernden Meeres, der Küste in der Ferne.

Wir werden getragen, von warmen, duftenden Winden, in den Süden, ins weiße, gleißende, Heilige Land.

***

Ein einfaches, weiß getünchtes Haus über Jerusalem bewohnen wir.

Die heilige Stadt gehört den Osmanen.

Es nimmt ihr nichts von ihrer Schönheit und Erhabenheit.

Wir sitzen an einem stillen Abend vor dem Feuer und essen Reisbrei und Feigen, Angela lehnt den Wein dankend ab und lächelt, während sie den Gesprächen der Franziskanermönche und den Liedern auf der dunkler werdenden Straße lauscht.

Als sie beginnen, die Psalter und Harfen zu spielen, so wie es geschrieben steht, strahlt ihr blasses Gesicht.

Ich höre ihre Stimme unter vielen verklingen.

Sie bewegt sich voller Anmut, sie geht so sicher, mit geschlossenen Augen.

Ich sehe Antonio Romano, den Kaufmann aus Brescia, der ihr Schutz und Heim gewährt, an eine der Säulen gelehnt stehen, den Weinpokal in der Hand und er sieht sie an; sieht nur Licht.

Leise trete ich neben ihn.

"Ihr liebt sie, nicht wahr?"

Er sieht mich an, die weiße Decke, nickt.

Ich lege ihm die Hand auf die Schulter, so wie Angela es tut, nur unsicherer, zögernder.

Ich weiß, dass er sie liebt.

Dass ich sie liebe.

Angela liebt alle mit solcher aufgehender, brennender Willenskraft, dass sie keine Stärke mehr behält, um sich lieben zu lassen.

Und erst recht nicht von einer einzigen Person.
Es würde ihr selbstgefällig erscheinen.
Sie liebt die Menschen, die Kinder, die Waisen, die Kranken, die Tiere, die
Schöpfung, Gott mit allem, was in ihr und um sie ist.
Darin glüht sie.
An körperliche Liebe denkt sie nicht einmal.
Sie bleibt ein kleines Mädchen.
Ein kleines Mädchen, auch mit winterweißem Haar.

***

Es ist dunkel, die Luft schwebt nass und still um uns.
Auf dem Altar tropft Wasser über Gold und Kerzen, die verloschen sind.
In der Tiefe beten wir.
Angelas Finger fahren über die alten, uralten Bänke der Grabeskirche.
Über uns liegt Jerusalem in hartem, gleißendem Licht, das nur schwach hinab in den
Chorraum fällt und auf Angelas Schleier hängen bleibt.
Die Steine des Mosaiks klingen aneinander und Angelas Lippen formen stumm und
eindringlich die heiligsten Worte, wir beten weiter, immer weiter; sie sieht Gott und
ich sehe sie an.

***

Wir stehen wieder am Ufer des Gardasees, das Wasser strömt hoch nach der
Schneeschmelze.
"Alles sieht aus wie immer im Frühjahr. Klar und kalt. Du würdest es lieben",
flüstere ich Angela zu.
Sie schließt die Hände um das kleine Kreuz aus Kreide, das sie um den Hals trägt,
seit wir die heilige Stadt verlassen haben.
Ein bettelndes Kind vor der Grabeskirche hat es ihr umgehängt, ohne ein Wort von
ihr gehört oder ihre Hände gehalten zu haben.
Plötzlich lächelt sie.
"Ich sehe dein Gesicht, Ursula", sagt sie.
"Ich sehe dich."

***

Das Wasser ist eiskalt und schmeckt metallisch.
Angela lacht und streift das Unterkleid über den Kopf, ihr Haar, golden und weiß
verwoben, fällt um sie.
Die Sonne hebt sich, Berge und Wiesen gleißen.
Alles scheint verspiegelt.
Angela sieht mich an und fragt:

"Erinnerst du dich, wie ich sagte, es sei ein Gnade, dass ich Gott dienen durfte?"
Ich nicke.
Sie schwimmt ein paar Züge.
"Damals, Ursula, sprach ich von Gnade, aber es fühlte sich an wie ein Fluch.
Nun aber..."
Sie atmet die herbe Frühlingsluft ein und ihr Blick, der meinen sucht, ist so klar und
nebelblau wie das Wasser.
"Nun *ist* es eine Gnade."

***

Es ist das Heilige Jahr, voller Wunder und wir wandern durch die Straßen der
ewigen Stadt, die voller Gold glänzt und funkelt.
"Von den Reichtümern, die diese Kirchen erbaut haben, könnten wir die Kinder in
Brescia jahrzehntelang einkleiden und ernähren", sagt Angela, als wir über den
Petersplatz schreiten.
Ähnliches erklärt sie dem heiligen Vater, Papst Klemens, als dieser sie in einem
grün tapezierten Teezimmer empfängt.
Ich sitze am Fenster; sie und der heilige Vater haben vor dem Kamin
platzgenommen und der Papst reicht ihr die Zuckerdose.
Angela reicht sie ihm zurück ohne die zierliche Zuckerzange aus Gold berührt zu
haben.
Als er sie nach Rom einlädt, in die Spitäler der heiligen Stadt, in den Vatikan, ins
Zentrum der heiligen Kirche, lächelt sie.
Und ihre Worte klingen mir vertraut.
"Ich gehöre nicht hierher", antwortet sie ruhig.
Papst Klemens stellt die Zuckerdose zurück in ein zierliches Silberschränkchen auf
dem Kamin.

***

"Wir müssen es wagen", sagt Angela.
"Wir müssen alles wagen."
Wir wandern durch Rom, rot und weich im Abendlicht, und sie strahlt und ist wieder
zwölf Jahre alt und voller Feuer.
Sie nimmt meine Hand und es muss ein lachhaftes Spottbild sein, zwei alte Frauen,
weißhaarig, in Nonnenkleidern, die Hand in Hand durch Roms Straßen wandern und
dem Papst selbst eine Bitte und Zuckerdosen ausschlagen.
Aber mit Angela ist dieser Moment voller Schönheit.
"Als ich blind war", erzählt sie,
"da verschwand jegliches Elend im Dunkeln. Nicht aber das Schreien und Weinen,
das Klagen der ganzen Welt.
Das hört niemals auf.

Und es lässt mich niemals los.
Wir müssen dort sein, wohin wir gehören.
Wir müssen einfach alles wagen."
"Mit Gott", füge ich hinzu und sie drückt meine Hand fester.

***

Der Krieg riecht nach Schwefel und Salz; es ist eine bittere Zeit der Leere.
Sie haben die Schriften in Grüften und Katakomben versteckt und Angela flieht
nach Cremona, wo sie kocht und strickt und Kranken nasse Leinenfetzen auf die
Stirnen legt und Mädchen die heilige Schrift vorliest.
Ich sehe sie selten und auch als sie nach Brescia zurückkehrt findet sie kaum Zeit,
auf die Isola di Garda zu kommen.
Sie schreibt eilige Briefe voller Warmherzigkeit, die mich glücklich machen, weil
ich ihr Lächeln zwischen der Tinte schimmern sehe und die sie dennoch so fern und
stark erscheinen lassen, dass ich mir manchmal das kleine Mädchen zurückwünsche,
das ich getröstet habe.
Draußen ziehen die Jahre vorbei.
In Florenz malen sie den Frühling in allen Farben und überall streben die Menschen
nach oben.
Hildegard von Bingens *"Scivias"* bleibt unberührt davon und still auf dem Pult vor
mir liegen und flüstert mir immer noch die gleichen Worte zu.

***

Als der Schnee zu fallen beginnt, zieht Angela zum Sacro Monte und ich komme
mit ihr, unsere Pilgerstäbe tragen die gleichen Kerben und Schriften und wir
wandern wieder nebeneinander.
Das Land aus milchweißem Schnee liegt um uns und ruht, während wir singen oder
schweigen.
In der letzten Nacht unserer Pilgerreise, liegen wir lange nebeneinander wach,
während die Dunkelheit sich um uns verdichtet.
Angela flüstert mir zu, leise, um die Vögel, die auf den Balken schlafen, nicht zu
stören, dass sie nun wahrhaft ihre Schwesternschaft gründen wird.

***

Ihr Brief erreicht mich im Spätherbst.
Angela schreibt, dass sich ihre Schwesternschaft am Tag der heiligen Katharina in
Brescia zusammengefunden hat.
"Ich habe unserer Gesellschaft deinen Namen gegeben, liebe Schwester", lese ich.

"Denn es waren deine Worte und deine Liebe, die mich erreicht haben, als ich im Dunkeln wandelte."

***

Die Brieftaube sitzt auf dem Fensterbord meiner Kammer an einem Januarmorgen und gurrt; blasses Gefieder in bleichem Winterlicht.
Meine Finger, die alt und steif geworden sind, streichen das Pergament glatt, immer wieder, fühlen die Worte, die Tintenzeichen, die rasch und flüchtig geschrieben sind.
Das Zimmer verschwimmt; es verschwimmt der Brief und das Licht erlischt.
In mir hämmern die Worte und in mir schlägt die Gewissheit; kräftige, kleine Schläge, gleichmäßig, immer gleichmäßig nehmen sie mir alle Gefühle, bis nur noch eines bleibt, ein Bild:
Ein Mädchen in einem weißen Leinenkleid und seine Augen, von der Farbe kalten Wassers und Eises.
Angela ist gestorben.

***

Es ist still.
Kalt und grau spannt sich der Himmel; die Ufer des Sees sind vereist und über dem Garten des Franziskanerklosters liegt ein bleicher Schleier.
In Brescia flechten sie Blumen um den Kristallschrein in dem ein Mädchen ruht; ein kleines Mädchen, das ich nachts in den Schlaf wiegte, wenn es weinte.
Mögen die Frauen Tränen vergießen, die zu Eis erstarren, auf den Stufen der Kathedralen; mögen immer mehr Flocken fallen aus einem leeren Himmel über uns, in der Spanne dieses Augenblickes blühen wieder die Magnolien und im Gras blättert der Wind durch die Seiten des "Scivias" und Angela und ich sitzen da; an einem ruhigen Sommertag und schweigen.

Annette Sarah Leyendecker

Für die Hefe des Volkes

Christus ist für mich das Leben, und das Sterben ist deshalb Gewinn. Soll ich aber weiterhin leben, so bedeutet das für mich fruchtbare Arbeit. Und so weiß ich nicht, was ich wählen soll. Es zieht mich nach beiden Seiten hin: Ich habe das Verlangen, aufgelöst zu werden und bei Christus zu sein; das wäre bei weitem das beste. Aber noch am Leben bleiben, ist euretwegen notwendig.

Paulus, Brief an die Philipper 1,21ff

Regen platschte in die Pfützen, durch die Gosse am Straßenrand wand sich ein dreckiger Strom. Ein Pferdefuhrwerk rumpelte über die nassglänzenden Pflastersteine, die Hufschläge hallten zwischen den hohen Häusern wider. Wenige Menschen eilten schnellen Schrittes mit hochgeschlagenem Kragen durch die Gasse. Marie reckte den Kopf und blickte zwischen den verzierten Häusern hindurch zu dem schmalen Streifen Himmel hinauf. Ein nicht enden wollendes eintöniges Grau. "Es könnte so schön sein. Alle Menschen könnten so glücklich sein. Wir haben doch genug." Clementine nickte nur und sah einer Schar Tauben zu, die sich gerade auf der Straße niederließen und begannen um einen aufgeweichten Kanten Brot, der in einer Pfütze lag, zu streiten.

Die tänzelnden Klänge von Geigen und einem Spinett drangen hinauf. Die Köchin trieb ein Dienstmädchen zur Eile an. Es war Sonntagnachmittag und der Vater hatte Gäste eingeladen.

Auf der Straße zog eine junge Frau einen kleinen Jungen hinter sich her. Die Frau trug einen Korb mit sich. Sie war nicht von hier, nicht aus diesem Viertel von Bordeaux. Ihrer Kleidung nach war sie eine der Marktfrauen, die ins Kaufmannsviertel kamen, um ihr Gemüse hier für ein paar halbe Sous mehr zu verkaufen. Ihre weiße Haube war fast durchsichtig, so nass war sie. Ein etwas größerer Junge scheuchte mit einem Stock die Tauben auf.

Marie blickte an sich selbst hinunter. Die goldene Kette mit dem geschliffenen Kristall lag kühl auf ihrer Brust. Ihr Kleid glänzte, der Stoff war ganz weich. Ihre Füße konnte sie nicht sehen, so weit war der Reifrock. Es war eines ihrer besten Kleider, es war wirklich sehr fein. Doch es schnürte ihr manchmal die Luft ab, weil es so eng gebunden war.

"Ja, natürlich, wir hätten genug, aber so ist der Mensch: Nie zufrieden, immer mehr verlangt er."

"Auch da gibt es Ausnahmen und die stecken andere an. Was hältst du davon uns bei den Schwestern in das Buch der Gemeinschaft der heiligen Ursula einzutragen? Dann würden wir uns zur Hilfe verpflichten und damit ein Zeichen setzen."

"Ich habe auch schon oft darüber nachgedacht, aber das würde mein Vater niemals erlauben; und noch schlimmer: Er würde mehr denn je darauf aufpassen, dass er genau weiß, wo ich bin. Dann könnte ich gar nichts mehr tun."

Schritte polterten auf der Stiege. Es klopfte an der Tür und Lucas stolperte hinein: "Marie, Vater wünscht, dass du hinunter kommst!" Er sah die zwei Mädchen kurz an und verschwand so schnell und polternd, wie er gekommen war.

Die Mädchen blickten sich an. Marie ahnte, warum ihr Vater nach ihr schickte. Er dachte daran, sie bald zu verloben. Sie stahl sich so oft wie möglich mit Clementine nach oben, doch es dauerte nie lange, bis ihr Vater sie rief. Dann sollte sie unten sitzen, auf dem Spinett ein Stück vorspielen, adrett aussehen, einen guten Eindruck auf die Freunde ihres Vaters und deren Söhne machen. Marie versuchte, nicht ans Heiraten zu denken. Keinen dieser Jungen wollte sie zum Mann haben. Wie sie sich aufspielten, sich gegenseitig in vornehmster Weise unterschwellig bekriegten, über Eigenes, wie Erfundenes prahlten... Ganz wie ihre Väter.

Clementine seufzte. Für sie war es das selbe Spiel. Dann gingen sie gemeinsam hinunter.

~ # ~

"Seid gegrüßt! Gott sei mit euch!" Freude zeichnete sich auf dem Gesicht der etwas rundlichen Frau mittleren Alters ab. Die Mädchen mochten sie besonders gern, weil sie immer Arme, Ohr und Herz offen hatte für alle, die zu ihr kamen. Wenn sie auch nicht immer eine Lösung wusste, so hatte sie zumindest tröstende Worte.

"Sei gegrüßt, Luise!"

"Es freut mich, euch hier zu sehen! Was möchtet ihr?"

"Sag uns, wo es etwas zu tun gibt! Wir haben heute Morgen Zeit."

"Zu tun gibt es viel. Ihr könntet zu Hélène in die Schule gehen."

"Gerne."

Die Freundinnen eilten durch die Korridore. Die Arbeit mit den Kindern machte ihnen am meisten Freude.

Sie klopften an und öffneten die Tür. Die Schule war ein größerer Raum mit hohen Fenstern. Er war kaum geheizt, die Tische und Bänke, an denen die Mädchen dicht aneinander gedrängt saßen, waren alt. Einige waren Esstische, die sogar für die Größten etwas zu hoch waren.

Die Mädchen begrüßten sie sofort, sprangen von ihren Stühlen und umringten sie. Clementine und Marie grüßten zurück und strichen über ihre Köpfe. Als Marie aufblickte, sah sie, dass Hélène lächelte. Als sie auf die Freundinnen zukam, verschwanden die Kinder wieder auf ihren Plätzen.

"Schön, dass ihr da seid! Euch kann ich hier immer gut gebrauchen! Ihr könntet mit den Kleineren Lesen üben. Mit den anderen kann ich in der Zwischenzeit rechnen."

"Mademoiselle Hélène?"

"Ja, Claire?"

"Es tut mir leid, aber ich muss gehen. Der Korbmacher hat uns eine Aufzahlung versprochen, wenn wir ihm diese Woche zwei Körbe mehr flechten."

"Natürlich, dann geh." Hélène seufzte. Etwas leiser sagte sie zu den Mädchen gewandt: "Sie fehlt häufig, aber ich kann sie nicht hier behalten, denn dann würde die Mutter sie gar nicht mehr schicken."

"Wo ist denn meine kleine Marie?" Marie war sofort aufgefallen, dass ihre Namensvetterin fehlte.

"Sie konnte nicht kommen. Ihre Mutter ist krank – niemand weiß, ob sie es schaffen wird. Es reicht nicht einmal für einen Arzt."

~ # ~

"Marie, wo ist deine Kette?" Die Stimme der Mutter war streng.

Verschreckt sah Marie sie an und griff sich an den nackten Hals. Sie hatte nicht damit gerechnet, dass ihre Mutter das Fehlen bemerken würde. Einen Moment lang zögerte sie, entschied sich aber dann doch die Wahrheit zu sagen und berichtete ihrer Mutter von der Gemeinschaft der heiligen Ursula. Ihr Gesicht verfinsterte sich mehr und mehr und Marie versuchte immer überzeugender zu reden.

"Genug!", wurde sie schließlich unterbrochen. "Marie, jeder muss selbst für sein Brot arbeiten. Das sind faule Leute. Sie verdienen ihr Leid! Sie leben in Sünde und das ist ihre gerechte Strafe. Und zu dir: Du weißt, ich werde es dem Vater sagen müssen."

"Oh, Mutter, Ihr kennt sie nicht! Sie arbeiten von früh bis spät. Auch die Kinder. Und was soll ich tun, wenn ein Mädchen weint, weil seine Mutter im Sterben liegt, wenn ich weiß, dass ihr Leben mit Medizin, nicht von mehr Wert als die Kette, die ich um meinen Hals trage, zu retten ist?"

"Wir sind nur zu Gast auf Erden: Wie ein Nebel bald entstehet und auch wieder bald vergehet, so ist unser Leben, sehet. Der Allmächtige ruft uns, wenn es an der Zeit ist."

"Aber Mutter, so sieh doch, es ist eine Krankheit, die zu heilen ist. Und gerade vor dem ewigen Gericht wollen wir doch nicht mit Gott auf ein Leben in sündigem Überfluss zurückblicken!"

"Nun geh! Ich werde deinen Vater unterrichten!"

Niedergeschlagen ging Marie hoch. Sie ahnte, was ihr bevorstand. Oben stellte sie sich an das Fenster. Es war ihr Lieblingsplatz im Haus. In den Himmel zu blicken beruhigte sie immer. Draußen war es kalt und klar. Der Wind jagte Wolken über den Himmel.

Sie mühte sich, doch sie konnte die Tränen nicht zurückhalten. Still rannen sie über ihre Wangen. Sie würde durchhalten. Sie dachte an Clementine, auf die sie sich verlassen konnte, an die heilige Angela, an die heilige Ursula und schließlich auch an Jesus Christus selbst. Sie waren alle für Gerechtigkeit eingetreten, hatten sich um die Armen gekümmert und niemals aufgegeben, was immer andere auch sagten. Christus hatte Grenzen überschritten, um den Menschen Liebe zu zeigen. Marie schob den Vorhang noch ein wenig zur Seite, öffnete das Fenster. Sie sog die klare Luft ein und spürte, wie diese sie stärkte. Als sie in den Himmel blickte, fasste sie einen Entschluss.

~ # ~

"Ich werde in die Gemeinschaft der heiligen Ursula eintreten", sagte Marie noch bevor ihr Vater irgendetwas sagen konnte und biss sich gleich darauf auf die Zunge. Sie hatte es sagen wollen, aber nicht unbedingt heute – erst recht nicht ganz zu Anfang. Sie wusste, wie provokant es war, dass es sich auf keinen Fall ziemte, so vor den Vater zu treten. Sie hatte sich den Satz zurechtgelegt, in Gedanken ständig wiederholt und jetzt war er ihr einfach herausgerutscht. Beunruhigt beobachtete sie, wie sich die Stirn ihres Vaters in Falten warf.
"Du wirst gar nichts! Was musste ich da hören? Ist es wahr, was deine Mutter sagte? Du wirfst mein Vermögen vor die Hunde? Mein mühevoll verdientes Geld? Dass du mir so eine Schande machst! Ich bin schwer enttäuscht! Gemeinschaft der heiligen Ursula...! Gaunerpack! Eines Tages werden sie alle sehen, was sie davon haben... Mit diesen Nichtsnutzen! Was glaubst du, wer du bist? Ich bin kurz davor, mir mit Monsieur Chasselines über deine Heirat einig zu werden. Und du..."
"Die Gemeinschaft der heiligen Ursula schließt nicht einmal aus, dass ihre Töchter bei der Familie leben!"
"Dein Kopf passt durch kein Scheunentor! Du bist ein Mädchen aus gutem Hause und darauf solltest du stolz sein! Willst du mich denn zum Gespött der Stadt machen, mit deinen Samaritertaten? Die Gemeinschaft der heiligen Ursula ist für die Hefe des Volkes! Für Dienstmädchen! Für Schmarotzer! - Aber keinesfalls für deinesgleichen!"
Marie atmete tief ein. An der Wand hing ein Kreuz. Ein Lächeln huschte über ihr Gesicht, dann blickte sie ihrem Vater in die Augen. "Ich werde in die Gemeinschaft der heiligen Ursula eintreten." Sie stieß die Luft aus.
Ihr Vater holte aus. "Das weiß ich zu verhindern!"
Marie kippte leicht zur Seite. Ihre Wange brannte. Schon hob sie die Hand, um nach der schmerzenden Stelle zu tasten, doch sie ließ sie wieder sinken. Sie war stark geblieben. Zum ersten Mal hatte sie sich nicht von der Angst dazu verleiten lassen aufzugeben. Wieder musste sie lächeln und sah ihren Vater noch einmal fest an. Dieser blickte unbeirrt zurück. "Spätestens der Stadtrat wird euch zum Gehorsam zwingen!" Er verließ den Raum.

~ # ~

"Und nun?"
Die Nachmittagssonne schien hell durch das Fenster und warf den Schatten des Fensterkreuzes auf den Tisch. Marie malte unentwegt mit dem Finger die Schattenkante nach.

"Dass es so weit geht, hätte ich nicht geahnt. Ich hatte gehofft, dass wenigstens die Richter auf unserer Seite stünden."

"Vielleicht war es abzusehen, so ist es doch meist: wer Geld hat, hat Macht. Allerdings hatte auch ich anderes erhofft." Obwohl Luise sich Mühe gab die Mädchen aufzuheitern, konnte sie ihre Enttäuschung nicht gut verbergen.

"Die Gemeinschaft der heiligen Ursula ist für die Hefe des Volkes und für Dienstmädchen. Das haben sie nett formuliert. Können unsere Eltern uns denn gar nicht verstehen?"

Luise strich beruhigend über Maries Arm.

"Und jetzt? Die Strafen sind zu hoch. Wer soll das bezahlen? So können wir niemals eintreten!" Clementine, die die ganze Zeit an einem Zipfel ihres Ärmels gespielt hatte, ließ ihn energisch fallen.

"Ich möchte aber auch nicht dulden, nicht einzutreten! Wir könnten doch nach Paris gehen." Trotzig sah Marie die beiden anderen an.

"Nach Paris?" Luise richtete sich erstaunt auf.

"Ja, zu den Ursulinen nach Paris."

"Einfach so weg? Und unsere Eltern? Unsere Freunde? Wie sollen wir überhaupt dahin kommen?"

"Es fahren ständig Fuhrwerke nach Paris. Die Weinlieferungen. Zumindest ein Stückchen würden wir bestimmt mitgenommen."

"Und unsere Eltern sollen das erlauben?"

"Wir fragen sie nicht."

"Ich weiß nicht, Marie", warf Luise zweifelnd ein.

"Das würde gehen", beharrte sie.

"Auf jeden Fall wäre es ein beachtliches Zeichen."

~ # ~

Reif lag auf den kahlen Bäumen. Krähen krächzten. Die Sonne schien glühend rot durch den Morgennebel. Hasen hoppelten über die Wiese. Marie zog ihr Tuch fester um die Schultern. Noch nie war sie weit aus Bordeaux herausgekommen. Sie hatte nur einige Male eine Schwester ihrer Mutter besucht, die ein paar Dörfer von der Stadt entfernt in einem Landgut lebte. Jetzt würde sie bis nach Paris fahren. Clementine lächelte ihr etwas unsicher zu. Sie zitterte. Bestimmt war auch ihr kalt.

"Na, das rumpelt, was?" Der Kutscher drehte sich zu ihnen um. Er lachte sie freundlich an. Marie betrachtete Clementine und musste grinsen. Wie anders sie noch ausgesehen hatten, als sie in aller Herrgottsfrühe zu Luise gelaufen waren! Alles, was sie aus ihrem Leben als Kaufmannstochter behalten hatte, lag in einem Stoffbeutel zu ihren Füßen: Eine Bibel, ein Rosenkranz und eine Schreibfeder. Dazu noch Schmuck, den sie baldmöglichst verkaufen wollte, um damit den Kutscher und Essen zu bezahlen.

"Es erscheint mir alles so unwirklich." Clementine rieb ihren Rücken. Marie lächelte. Da saßen nun sie, die nur bepolsterte Stühle gewöhnt waren, auf Weinfässern in einem Planwagen, der rumpelnd eine löchrige Lehmstraße entlang fuhr und waren sogar dankbar dafür.

"Ja, es ist merkwürdig, wie schnell sich unser Leben gewandelt hat. Und wir können nie wieder zurück."

"Ja..." Gedankenverloren blickten sie in die Landschaft. Zwischen kleinen Hügeln wand sich die Straße einem Wald entgegen. Die Hufe schlugen regelmäßig auf den steinigen Weg, die Räder knirschten und schabten, hin und wieder stimmte der Fuhrmann ein Lied an, das die Mädchen jedoch nie ganz erreichte. Es war ihnen noch kein einziger Wagen entgegengekommen, nur einmal eine Frau mit einem Handkarren. Die Mädchen genossen die Fahrt. Es war zwar nicht bequem, aber das Klackern der Hufe, die dumpfen Klänge der aneinander schlagenden Weinfässer und die vorbeiziehende Landschaft hatten etwas Beruhigendes und zum ersten Mal hatten sie die Freiheit über sich selbst zu bestimmen.

"Meinst du, die anderen Kaufmannsmädchen werden in Bordeaux bleiben? Werden sie die Gemeinschaft ganz aufgeben, oder nur nicht eintreten? Ob uns vielleicht sogar eine folgen wird?"

"Wer weiß... Vielleicht können sie mit Hilfe unseres verehrten Kardinals gegen das Urteil klagen."

"Sie als junge Mädchen...? Gegen ihre Väter?" Clementine legte den Kopf schief und seufzte.

"Immerhin ist Kardinal von Sourdis eine hochgeachtete Persönlichkeit."

"Vielleicht... Hoffentlich."

Die Pferde wurden langsamer. "Ho!", trieb der Kutscher sie an und knallte mit den Zügeln.

"Ob sie uns schon suchen? Sie werden sicher zuerst bei den Ursulinen suchen."

"Luise wird sie schon davon überzeugen, dass sie nichts weiß und die anderen wissen wirklich nichts."

"Und unsere Eltern? Kein gutes Kind stiehlt sich ohne ein Wort des Dankes davon. Ich vermisse schon jetzt meine Großmutter. Wahrscheinlich werde ich sie nie mehr wiedersehen. Wenigstens von ihr habe ich mich noch verabschiedet. Manchmal wünschte ich mir ein Zeichen, um zu wissen, dass das was ich tue auch wirklich recht ist."

"Zumindest Luise stimmt uns zu. Sonst hätte sie uns nicht geholfen." Auch Marie war nicht wohl bei dem Gedanken an ihre Familie, doch dafür war es nun zu spät. Sie reisten in Kleidern von Luises Töchtern zu den Ursulinen nach Paris, um ihnen dort bei der Arbeit mit den Mädchen zu helfen. Sie würden bei den Schwestern lernen und vielleicht, wenn sie älter waren, weiterziehen, um anderorts Mädchen nach der Lehre der Angela Merici zu erziehen und zu unterrichten.

Marie nahm Clementines Hand und drückte sie kurz. "Das wird schon werden!"

Clementine lächelte: "Ja, das wird es, Marie!"

Das Kloster

Ich hätte nie gedacht, dass mein Leben sich so radikal verändern würde. Ich meine, fast jedes Mädchen denkt: "Ach, ich werde einen reichen, gutaussehenden Mann heiraten, drei Kinder bekommen und immer glücklich sein." Aber wenn sich dieser Wunschtraum nicht erfüllt, und man z. B. nicht gerade Brad Pitt heiratet, oder nur ein Kind bekommt, dann hat sich das Leben ja nicht radikal verändert.

Meins aber schon. Von heute auf morgen.

Es begann vor etwa zwei Monaten. Ich bin ein lebenslustiger, extrovertierter Mensch. Ich bin auf fast jeder berüchtigten Party eingeladen, flirte mit unzähligen Jungs, habe ein abwechslungsreiches Sexualleben, bin neunzehn und gut in der Schule. Ich bin zufrieden damit. Ich liebe mein Leben.

Vor zwei Monaten machte unsere Jahrgangsstufe eine Abschlussfahrt. Ich und meine Clique wollten nach Mallorca. Sonne, Strand und heiße Nächte. Doch unsere Lehrerin schreckte ein wenig davor zurück. Sie ist meine Religionslehrerin und der Gedanke, dass uns alle Möglichkeiten offen wären Sex vor der Ehe zu haben, erschreckte sie zutiefst. Auch mein Vorschlag nach Tirol zu reisen und dort Ski zu fahren, gefiel Ihr nicht. Zu gefährlich und zu kalt, war ihre Antwort. Sie wollte mit uns in ein Kloster fahren, für eine Woche, irgendwo am Arsch der Welt. Abgeschnitten von der Zivilisation. Ich glaube unsere Protestschreie konnte man noch in Tokio hören. Betteln, Tränen und Drohungen (Markus soll sogar eine anonyme Morddrohung geschickt haben!) halfen nichts. Unseren altmodischen Eltern gefiel der Gedanke uns in ein Kloster abzuschieben. Ihnen war es egal, ob wir dort verschimmelten. "Nach einer Woche verschimmelt man nicht", sagte mein Vater schroff. Ich wusste bis dahin gar nicht, dass er so *unglaublich* witzig sein konnte.

So saßen wir also drei Wochen später, mit deutlich düstereren Gesichtern als gewöhnlich, im Bus auf dem Weg zum Kloster.

Die Busfahrt dauerte wahnsinnig lange und als wir endlich ankamen und unsere Zimmer beziehen durften, war es schon längst dunkel. Die Zimmer waren popelig klein und ziemlich karg eingerichtet. Ich zog mit meiner besten Freundin Jasmin in eins, das zum Klostergarten hin gelegen war. Das spielte jedoch kaum eine große Rolle. Das Zimmer hätte genauso gut an einer Autobahn liegen können, so viel wie man durch das winzige Fensterchen sehen konnte.

Nach dem Abendessen, das auch sehr ärmlich war – wir "sollten mal sehen, wie die Nonnen damals lebten", verkündete unsere Religionslehrerin entzückt – lief das übliche ab. Wir verschanzten uns in unseren Zimmern, redeten und spielten Trinkspiele und brachten unsere entsetzte Religionslehrerin um die Nachtruhe.

Am nächsten Morgen standen wir um sechs Uhr auf. Eindeutig zu früh für meinen Geschmack. Wir hatten alle einen Kater und die Motivation eines Teelöffels. Die Klosterbesichtigung stand auf dem Tagesplan und alles Maulen half nichts. Hier herrschte ganz klar ein Interessenkonflikt. Sie konnte nicht verstehen, warum wir diesen Jahrhunderte alten Klotz stinklangweilig fanden und wir konnten einfach nicht verstehen, was *sie* daran so interessant fand. Letztendlich siegt jedoch meistens der Lehrer und eine knappe Stunde später ließen wir uns, von einer unglaublich langsam redenden Nonne, das Kloster zeigen.

Das Kloster war groß, gigantisch groß und alles war uralt. Das Gemäuer, die Kapelle, das Mobiliar, die Bäume und die Nonne, die uns herum führte. Die Jungs schlossen schon Wetten ab, ob die Nonne wohl noch während der Besichtigung ihren Geist aufgeben würde. Nach den ersten zehn Minuten stellt sich heraus, dass die einzige Person, die diesem todlangweiligen Gerede folgen konnte, unsere Relilehrerin war. Die anderen, wie auch ich, machten sich einen Spaß daraus sich heimlich abzusondern und selbst auf Erkundungsreise zu gehen. Unsere Relilehrerin merkte nichts und ich bezweifelte auch stark, dass die Nonne etwas bemerkte. Als wir uns dem Klostergarten, der fast noch größer als das Kloster war, näherten, zog mich Markus zur Seite, ein Typ, der schon seit Jahren in mich verschossen ist, ich jedoch leider nicht in ihn, obwohl er gut aussieht,.

"Was?", fragte ich und entwand mich seinem Griff.

"Lass uns abhauen", meinte er mit einen verschmitzten Grinsen.

"Ich weiß nicht."

Er knuffte mich neckisch in die Seite. "Ach, komm doch."

Ich machte mir weniger Sorgen, dass wir Ärger kriegen würden, als mit Markus irgendwo hinzugehen. Ich hatte keine Lust auf eine peinliche Situation zwischen uns. Aber andererseits hatte ich noch weniger Lust, dieser Nonne weiterhin ausgesetzt zu sein. Also willigte ich ein und ließ mich von Markus durch die Gegend ziehen. Es war eigentlich ganz lustig. Wir suchten nach Fluchtwegen aus dem Kloster heraus und lachten uns halb schlapp über einige ulkig aussehende Heiligenskulpturen. Ich weiß nicht, wie es passierte, aber irgendwie verloren wir beide uns im Klostergarten. Der Garten war riesig und in zwei Bereiche eingeteilt. Ein Bereich war für die Küche, also ein Gemüsegarten, und der andere war ein einfacher, wild vor sich hin wuchernder Wald, mit zahlreichen Sträuchern, tief hängenden Ästen und wunderschönen, bunten Blumen. Normalerweise bin ich nicht so der Naturfreak, aber das haute mich einfach um. Fasziniert begab ich mich tiefer in diesen Teil des Gartens. Markus hatte ich mittlerweile längst vergessen. Je weiter ich gelangte, desto ruhiger wurde es und seltsamerweise spürte ich, wie auch ich ruhiger wurde. Ich meine, man merkt selber nicht, wie man unruhig und in ständiger Bewegung ist, wenn man sich in einem lauten, ereignisreichen Umfeld befindet. Aber wenn das Umfeld plötzlich ganz still ist, dann wirkt sich das auf einen aus. Man wird eben ruhiger. Zumindest erging es mir so.

Ich ging einen vollkommen verwilderten Weg entlang. Überall wucherten herrlich duftende und in prächtigen Farben blühende Wildblumen. Ich war total hingerissen! Noch nie fühlte ich mich so gut und so... so frei! Übermütig stromerte ich herum, bis ich auf eine alte, halb verwitterte Bank stieß. Sie stand auf einer kleinen, von prächtigen Bäumen umgebenen Lichtung. Das war der schönste Ort, den ich jemals

gesehen hatte. Völlig trunken von all dieser Schönheit, setzte ich mich auf die Bank und atmete tief durch. Dies wäre ein romantischer Ort, an dem ich mit Jan... – Nein, das passte nicht hierher. Das war kein Ort für so was. Ich spürte, wie ich mich vollkommen entspannte. Zum ersten Mal sah ich die Natur wirklich, zum ersten Mal nahm ich sie mit allen Sinnen war. Und zum ersten Mal fühlte ich mich geborgen.

Ich weiß nicht, wie lange ich so da saß, auf der Bank, völlig abgeschieden vom Rest der Welt. Doch als ich wieder auf meinem Zimmer war, war es später Mittag und Jasmin kam gerade von der gemeinsamen Gruppenstunde zurück.

"Wo um Himmels willen warst du?", fragte sie mich sofort, als sie mich auf meinem Bett sitzend vorfand.

"Frau Rotterich hat nach dir gefragt und Markus hat sich für dich eine Entschuldigung einfallen lassen. Er sagte, dir war schlecht und du wärst an der frischen Luft. Sie war stinksauer und Markus hat stundenlang nach dir gesucht."

"Ich war in einem –", ich stockte. Nein, Jasmin würde so etwas nicht verstehen, ich würde ihr nicht vom Garten erzählen. "Mir ging es wirklich nicht gut. Ich war echt draußen."

"Ach, komm, verarsch mich nicht. Markus hat gesagt, er war mit dir im Kloster unterwegs und dann seiest du plötzlich wie vom Erdboden verschluckt gewesen. Ich glaub ihm kein Wort. Ich glaube", und nun sah sie mich forschend an, "dass du mit ihm geknutscht hast und, dass ihr es nur nicht herum erzählen wollt. Stimmt's?"

Ich hatte keine Lust, ihr zu widersprechen. Sollte sie doch denken, was sie wollte. Außerdem würde ich ihr dann nichts von meinem eigentlichen Verschwinden erzählen müssen. Ich beließ sie also in ihrem Glauben.

Am nächsten Morgen wachte ich früh auf (früher als sechs, das grenzt bei mir schon an ein Weltwunder…ne, das *ist* sogar eins). Ich konnte nicht mehr schlafen, obwohl ich erst seit drei Stunden im Bett war. Ein paar Jungs hatten ein Bierfass ins Kloster geschmuggelt. Muss ich mehr sagen? Zumindest hatte ich keinen Kater, stellte ich zufrieden fest, und zog mich an.

Ich hatte irgendwie Lust, noch mal in den Garten zu gehen. Keine Ahnung warum. Aber irgendetwas in mir sehnte sich danach, dort wieder auf der Bank zu sitzen und die Stille zu genießen. Leise machte ich mich auf den Weg. Zuerst bekam ich Zweifel, ob ich in diesem Gewirr an Ästen und Sträuchern, die Bank überhaupt wieder finden würde. Doch kaum hatte ich den Gedanken zu Ende gedacht, entdeckte ich sie schon. Es fühlte sich an wie Weihnachten. Ein tiefer Seufzer entfuhr mir. Langsam, beinahe feierlich, setzte ich mich auf die Bank. Es schien, als ob alles andere plötzlich nebensächlich geworden sei, Abi, Jan, Jobsuche. Das alles zählte nicht mehr für mich. Nur das Hier und Jetzt zählte. Zufrieden rollte ich mich auf der Bank zusammen und schloss die Augen.

Ich musste wohl eingeschlafen sein, denn als ich sie wieder öffnete, ging die Sonne gerade auf und – erschrocken richtete ich mich auf – eine Nonne saß neben mir. Sie lächelte über meinen entsetzten Gesichtsausdruck. Sanft berührte sie meine Schulter.

"Guten Morgen, ich hoffe ich habe dich nicht geweckt?"

"Ich…äh…nein", stotterte ich und sah sie genauer an. Sie schien kaum älter als dreißig zu sein und sie war auf eine natürliche Art sehr schön.

"Ich bin Schwester Angela", stellte sie sich vor. "Und du bist?"

"Kim."

"Freut mich, dich kennen zu lernen, Kim."

Ich wartete darauf, dass sie noch etwas sagen würde, mich fragen würde, was ich hier täte. Doch sie schwieg und schloss leicht lächelnd die Augen.

Ratlos sah ich sie an. Sollte ich aufstehen und einfach gehen? Oder wollte sie, dass ich noch bliebe? Gerade als ich entschieden hatte zu gehen, sprach sie mit geschlossenen Augen weiter.

"Ich komme oft hierher. Morgens, um zu beten und Gott für all die Schönheit zu danken. Gefällt es dir hier?"

"Ähm, ja."

Lächelnd sah sie mich an.

"Der Garten ist älter als das gesamte Kloster. Früher war er einmal gepflegter, doch mit der Zeit ist er immer mehr verwildert."

"Er ist wunderschön."

"Interessierst du dich für die Natur?"

"Ähm, eigentlich nicht", ich zögerte. Sollte ich ihr erzählen, weshalb ich hier war?

"Mir gefällt nur diese Ruhe, diese Idylle und…", ich suchte nach Worten um zu beschreiben, was mich so bewegte.

"Dieses Gefühl der Geborgenheit und der Zeitlosigkeit", beendete sie meinen Satz. Ich runzelte die Stirn. Ja, das war genau die richtige Beschreibung. Sie lächelte mich an. Es war ein warmes Lächeln, ein Lächeln, das aus tiefstem Herzen kam.

"So empfinde ich es zumindest."

"Ich auch", nickte ich zustimmend.

"Du bist eine Schülerin der neu angereisten Gruppe?"

Ich nickte. Plötzlich schämte ich mich dafür. Die Nonnen hier hatten sicherlich unsere nächtlichen Partys mitbekommen. Spätestens als drei Jungs von uns letzte Nacht, vom Bier angeheitert, grölend durch die Flure gelaufen waren. Meine Lehrerin war die ganze Nacht auf den Beinen gewesen und war wie ein aufgescheuchtes Huhn von Zimmer zu Zimmer gelaufen und hatte sich immer wieder ans Herz gegriffen. Sie tat einem schon beinahe Leid. Ich wollte gar nicht wissen, was die Nonnen sich wohl gedacht hatten. Wie, als hätte sie meine Gedanken gelesen, sagte sie: "Ihr seid jung, da ist so etwas schon beinahe selbstverständlich." Sie schmunzelte. "Ich war schließlich auch mal jung, ich frage mich nur, ob die Schwester Oberin Marianne das auch so sieht."

"Aber Sie sind doch noch jung", rutschte es aus mir heraus. Sie schüttelte den Kopf.

"Nein, ich bin alt, ich habe schon zu viel gesehen."

Verwirrt sah ich sie an. "Ich verstehe nicht. Was meinen sie mit 'zu viel gesehen'?"

Zum ersten Mal sah ich eine Spur Traurigkeit und Ernst in ihrem Blick.

"Ich habe viel Elend auf der Welt gesehen. Leid, Krankheit und Tod."

Betroffen sah ich sie an. Sie? Eine Nonne, die noch so jung war und hier in einem idyllischen Kloster lebte? Sie musste wohl meine Verwirrtheit gesehen haben, denn sie stand plötzlich auf.

"Komm mit, ich zeige dir etwas."

Zögernd stand ich ebenfalls auf. Sie führte mich aus dem Garten zurück ins Kloster, durch die noch verlassenen und ruhigen Flure, zu einer kleinen Kammer. Sie ging hinein und wies mich an mich zu setzen. Ich nahm auf einer kleinen gemütlich aussehenden Couch platz und sah mich neugierig um. Es war ein einfaches, aber sehr liebevoll eingerichtetes Zimmer. In einer Ecke, unter einem kleinen Fenster mit weißen Vorhängen, waren ein Bett und eine kleine Kommode, auf der duftende Blumen standen. In der anderen Ecke befand sich ein alter Schreibtisch, auf dem sich Berge an Büchern und Papieren stapelten. Schwester Angela wühlte in einem großen Schrank nach etwas und reichte mir schließlich ein großes Fotoalbum. Fragend nahm ich es entgegen.

"Ich war zwei Jahre lang in einem Waisenhaus tätig, in Venedig. In einer völlig heruntergekommenen Gegend. Der Orden hatte mich dorthin geschickt um zu helfen, es wieder herzurichten und die Waisen zu unterrichten." Sie sah gedankenverloren aus dem Fenster.

"Es waren zugleich die zwei schrecklichsten, aber auch die zwei schönsten Jahre meines Lebens. Ich sah zum ersten Mal, wie ich Menschen helfen konnte. Wie ich

Menschen neue Hoffnung, Liebe und Glauben geben konnte. Aber-", sie sah mich an und zeigte auf das Album "Sieh selbst."

Sie setzte sich neben mich und ich schlug das Album auf. Die Bilder, die ich sah, bewegten mich zutiefst. Sie zeigten hauptsächlich Kinder, nicht älter als elf Jahre, mit kleinen ernsten Gesichtern und einem Blick, der einen zutiefst berührte und fesselte. Ich hatte noch nie so viel Traurigkeit in dem Blick eines kleinen Kindes gesehen und ich spürte, wie tiefes Mitgefühl in mir aufstieg. Langsam blätterte ich Seite für Seite um und Angela erzählte mir zu fast jedem Kind seine Geschichte. Ich lernte sie alle kennen.

Julia, die ihre Eltern im Alter von fünf Jahren verloren hatte und auf der Straße gelebt hatte. Nico, der halb verhungert in den Gassen herumgeirrt war, auf der Suche nach etwas Essbarem. Die kleine Maria, die misshandelt und verlassen in einer leeren Wohnung gefunden wurde und zwei Monate später starb. Lorenzo, der taub war und von seinen Eltern verlassen wurde, weil sie ihn nicht wollten.

Es waren so viele Kinder mit so vielen schrecklichen Vergangenheiten. Die Bilder zeigten Angela, wie sie die Kinder unterrichtete, wie sie mit ihnen spielte und wie sie sie umarmte und liebkoste. Angela gab ihnen etwas, das sie bis zu dem Zeitpunkt nicht gekannt hatten, sie gab ihnen Liebe.

In Angelas Gegenwart hatte ich nicht gemerkt, wie schnell die Zeit verging und so kam ich zu spät zum Frühstück. Doch Frau Rotterich merkte nichts, denn sie war viel zu sehr damit beschäftigt, die wütende Obernonne zu beschwichtigen, die sich schimpfend und Fäuste schüttelnd über die Störung der gestrigen Nachtruhe beschwerte.

Auf dem Tagesplan stand eine Wanderung. Frau Rotterich hoffte wohl insgeheim, dass wir dadurch todmüde werden würden und sie eine ruhige Nacht hätte, aber wir sind nun mal jung und sie naiv und so kam es, dass *sie* sich nach der Wanderung sofort schlafen legte und *wir* unsere Ruhe hatten.

Ich versuchte ebenfalls zu schlafen, doch ich konnte nicht. Das lag zum einen daran, dass meine Mitschüler laut kichernd und trampelnd von einem Zimmer in das nächste rannten, zum anderen daran, dass Jasmin immer wieder rein kam und mich anbettelte doch noch zu den Jungs zu kommen und es einem schier unmöglich machte einzuschlafen. Aber es lag vor allem daran, dass mich die Begegnung mit Angela nicht mehr losließ. Die Bilder und Geschichten beschäftigten mich und ich konnte an nichts anderes mehr denken. Ich hatte keine Lust zum Feiern, ich fühlte mich eigenartig leer und nutzlos. "Was hat mein Leben eigentlich für ein Sinn? Was habe ich bis jetzt aus meinem Leben gemacht?", quälte ich mich selber. Nichts hatte ich gemacht. Ich hatte dumme Streiche gespielt, und sinnlose Partys gefeiert. Ich hatte mit Jungs geflirtet und mit ihnen gespielt, aber etwas Sinnvolles? "Aber wieso bereust du das jetzt?", fragte ich mich selbst. "Das macht dir doch alles Spaß!" Ich starrte an die dunkle Zimmerdecke. Nein, es machte keinen Spaß mehr. Ich konnte keine kindischen Partys mehr feiern. Nicht nachdem ich die Bilder gesehen hatte.

"Es sind doch nur Bilder!", schalt ich mich selber.

Sie sind aber die Realität, sagte eine kleine Stimme in mir.

Elend gibt es überall, das ist doch nichts Ungewöhnliches. Warum beschäftigen dich ein paar Fotos so dermaßen? Verwirrt richtete ich mich auf. Was war los mit mir? Plötzlich öffnete sich die Zimmertür abrupt und Jasmin wankte kichernd herein. Sie roch nach Alkohol. Ich sah sie an.

"Wusstest du, dass in Venedig kleine Kinder sterben, wenn es nicht Frauenorden gäbe, die ihnen helfen würden?"

"Was redest du denn für'n Scheiß? Hä?"

"Ach, vergiss es", murmelte ich und legte mich wieder hin.

"Jan und Maggie haben sich geküsst!"

"Hm."

"Fandest du den denn nicht zum anbeißen?"

"Kann sein", sagte ich und schloss die Augen. Ich versuchte zu schlafen, obwohl ich wusste, dass das unmöglich war.

Am nächsten Tag stand eine Städtebesichtigung an. Doch ich meldete mich krank und so durfte ich im Kloster bleiben. Ich hatte vor, wieder in den Garten zu gehen und in Ruhe nachzudenken.

Die Sonne schien heute und tauchte den verwilderten Garten in ein warmes, goldenes Licht. Ich setzte mich auf die Bank und schloss die Augen. Ich spürte, wie ich ruhiger wurde und meine Gedanken geordneter. Zum allerersten Mal dachte ich über mein Leben nach. Über meine Zukunft und über das, was ich wollte. Ich wollte eigentlich Modedesigner werden. Ein großes Haus...ein Luxusleben einfach. Doch auf einmal erschien mir das nicht mehr wichtig, nein es klang sogar schrecklich.

Mir fiel Angelas Antwort auf meine Frage ein, die ich ihr am Vortag gestellt hatte. "Was hilft dir, das alles durchzustehen? Die schwere Arbeit, das Elend der Kinder. Was gibt dir die Kraft und den Mut es zu versuchen? Ich könnte das nicht."

"Gott", hatte sie schlicht geantwortet, "Gott gibt mir die Kraft und das Vertrauen in meine Arbeit. Glaubst du an Gott?"

"Ich? Ich weiß nicht...ich glaub schon", hatte ich überrascht entgegnet.

Sie hatte gesagt, dass Gott ihr hilft, dass Gott ihr Kraft gibt. "Aber wie das?", fragte ich mich. Was machte sie so sicher? Und glaubte *ich* wirklich an Gott? Ich ging selten zur Messe und konnte mit der Bibel nicht allzu viel anfangen... . Ich horchte tief in mich hinein. Ich wusste es nicht.

Ich öffnete die Augen. Betrachtete den Garten in seiner ganzen Pracht. Die Waisenkinder glaubten. Sie konnten glauben. Gott zeigte sich ihnen in der Gestalt von Schwester Angela. So lächerlich es auch klingen mochte, Angela war Gottes Werkzeug. Nein, so lächerlich klang es gar nicht. Doch warum gab es soviel Elend auf der Welt? Warum tat Gott denn nichts? Warum half er nicht den Armen?

Weil keiner es in seinem Namen tat, beantwortete ich meine eigenen Fragen. Es gab zu wenige Menschen, die so waren wie Schwester Angela. Ich bewunderte sie. Und ich beneidete sie.

Reglos saß ich dort auf der Bank. Ich dachte nach und versuchte heraus zu finden, was ich wollte. Als der Nachmittag anbrach, wusste ich es. Ich wollte anderen Menschen Hoffnung geben. Ich wollte ihnen helfen. Ich wollte so sein wie Angela. Ich atmete tief ein. Ich wartete darauf, dass der Gedanke kam: "Das ist doch Schwachsinn", und alles zerstörte. Aber er kam nicht. Ich spürte, wie ein warmer Windhauch mich streichelte und die Bäume zum Rascheln brachte und plötzlich sagte eine Stimme in mir: "Das ist eine gute Wahl, du bist auf dem richtigen Weg." Damals war ich fest davon überzeugt, dass es meine eigene Stimme war, die ich hörte. Doch heute bin ich mir da nicht mehr so sicher. Ich wusste nur, dass mir auf einmal alles schöner und prächtiger erschien. Ich fühlte mich, als hätte ich etwas Wunderbares getan, obwohl ich noch einen langen Weg vor mir hatte.

Die nächsten zwei Tage verbrachte ich hauptsächlich bei Angela. Sie erzählte mir mehr Geschichten über ihre Arbeit für den Orden und je mehr ich darüber erfuhr, desto sicherer wurde ich in meinem Entschluss so zu werden wie sie.
Wir saßen früh morgens im Garten und schwiegen, genossen die Ruhe und die unaussprechliche Schönheit der Natur. Ich fühlte mich so zufrieden wie noch nie zuvor in meinem Leben.
Eines Abends bot sie mir an, mit ihr die klösterliche Messe zu besuchen. Ich war anfangs erst zurückhaltend. Ich fand Messen *langweilig*. Doch etwas an ihrer Art bewegte mich doch zuzustimmen und so kam es, dass ich mit ihr die Abendmesse besuchte.
Die kleine Kapelle war beinahe leer, nur in den ersten beiden Sitzreihen saßen ein paar ältere Nonnen. Ich befürchtete, dass Angela dem inneren Ruf der Nonnen folgen würde und sich zu ihnen, nach vorne in die ersten beiden Bänken setzen würde, wie es alle begeistert Gläubigen taten. Doch sie erwies sich als normaler, nachsichtiger Mensch und wir blieben im Hintergrund, wofür ich ihr dankbar war.
Der Priester war schon uralt und ich bedauerte bereits meinen Entschluss, Angela zu begleiten, bevor die Messe überhaupt angefangen hatte. Doch zu meiner Überraschung besaß der Priester eine jugendliche, kraftvolle und fesselnde Stimme, die mich in seinen Bann zog. Er predigte über das Leid in der Welt und die Ignoranz der Menschen. Und obwohl es ein ausgetretenes Thema war, worüber die Nachrichten fast täglich berichteten und worüber sich wohl jeder Priester lang und breit ausließ, fand ich diese Predigt spannend und zum ersten Mal war ich nicht gelangweilt, sondern fasziniert. Ich hätte nie gedacht, dass ich dies einmal sagen würde, aber mir gefiel diese Messe und ich war beinahe sogar etwas enttäuscht, als sie vorüber war. Der Priester hatte Recht. Er versuchte durch seine Predigten die Menschen dazu zu überreden endlich die Augen zu öffnen und sich für das Gute einzusetzen.
Angela bemerkte wohl meine stumme Begeisterung, denn sie lächelte mich an und sagte: "Ja, diese Messen hier sind etwas besonderes, als ich zum ersten Mal eine besuchte, erging es mir ähnlich wie dir."

Das Ende unseres Aufenthaltes hier im Kloster rückte nun immer näher. Doch ich empfand nicht, wie meine Mitschüler, eine beinahe ekstatische Freude, sondern eine tiefe Traurigkeit und Hilflosigkeit. Ich wollte diesen Ort nicht verlassen. Ich fühlte mich hier zuhause. Angela und der Garten waren ein Teil meines Lebens geworden und ich konnte mir gar nicht mehr vorstellen, ohne sie auszukommen.

Als der letzte Abend anbrach, zog ich mich unauffällig, in den Garten zurück. Schweigend setzte ich mich auf die Bank und starrte in die tiefe Dunkelheit, die den Garten umfing. Der Mond tauchte alles in ein sanftes, milchiges Blau und der warme Abendwind streichelte die Gräser. Auf einmal begannen die Tränen zu fließen und ich ließ ihnen freien Lauf.

Ich wusste, dass sie kommen würde und ich war froh, als ich ihre Gegenwart neben mir, auf der alten Bank, spürte. Sie sagte nichts, doch ihre bloße Anwesenheit tröstete mich und gab mir Kraft. Am Vortag, hatte ich ihr von meinem Wunsch erzählt, Menschen zu helfen, so wie sie es tat. Und von meiner Traurigkeit, diesen Ort, den ich so ins Herz geschlossen hatte, zu verlassen. "Was soll ich denn jetzt machen?", hatte ich sie ratlos gefragt. "Ich möchte nicht von hier weg, doch ich kann auch nicht bleiben. Früher war alles so klar und einfach. Ich wollte mein Abitur machen und einen gut bezahlten Beruf ausüben, doch jetzt weiß ich nicht wie es weiter gehen soll. Es ist alles so kompliziert."

"Folge deinem Herzen", war ihre schlichte Antwort gewesen. "Nichts ist kompliziert, wenn du es nicht kompliziert machst. Habe Vertrauen. Dieses Kloster sowie auch Gott selbst werden immer für dich da sein. Vergiss das nicht." Diese Worte hatten mich getröstet, doch sie konnten nicht die ganze Traurigkeit verdrängen.

Wir saßen die ganze Nacht zusammen und als der Morgen dämmerte, schlief ich ein, geborgen von den hohen Bäumen und dichten Sträuchern.

Am nächsten Morgen liefen alle aufgeregt umher und packten noch vereinzelte Sachen ein. Jemand vermisste dort einen Schuh, hier eine Tasche und manche Mädchen prügelten sich regelrecht darum, wer denn den Müll ausleeren müsste. Als der Bus, der uns heimbringen sollte, ankam und wir unsere Sachen nach draußen schleppten, wollte ich mich noch einmal von Angela verabschieden. Eilig lief ich zu ihrem Zimmer, doch ich fand es verschlossen vor. Verwundert sah ich die schwere, eichene Tür an. Angelas Zimmer war, so weit ich wusste, noch nie verschlossen gewesen! Ich hörte Schritte den steinernen Gang entlang kommen. Fragend drehte ich mich um und sah die Obernonne vorbei gehen.

"Entschuldigen sie", sprach ich sie an, "Können sie mir sagen wo ich Schwester Angela finde? Ich wollte mich noch von ihr verabschieden."

Die Nonne sah mich vollkommen verwirrt an.

"Schwester Angela? Wir haben hier keine Schwester Angela."

Nun war ich diejenige, die verwirrt war. "Schwester Angela. Die Nonne hier," versuchte ich es erneut. "Sie ist um die dreißig Jahre alt und Italienerin…"

Die Nonne schüttelte nur perplex den Kopf. "Ich weiß nicht, von wem du sprichst!"
Sie überlegte. "Die Gründerin dieses Klosters hieß Angela, sie war auch eine Italienerin. Ihr wurde auch diese Bank draußen im Klostergarten gewidmet, aber seit dem gab es hier keine Schwester mehr mit dem Namen Angela."
Ungläubig sah ich sie an. "Was? Sind sie sich da ganz sicher?"
Die Nonne bedachte mich nun mit einem strengen Blick, sie glaubte wohl, ich würde sie auf den Arm nehmen, obwohl *ich* mir eher veräppelt vorkam. "Selbstverständlich bin ich mir sicher." Sie wandte sich zum Gehen. "Ich glaube, dein Bus reist bald ab, es ist wohl besser, wenn du dich nun auf den Weg machst."
"Aber diese Kammer hier, sie gehört ihr, sie wohnt hier drin-," startete ich einen letzten Versuch.
"Das ist unsere Abstellkammer," entgegnete die Nonne unwirsch. Als sie meinen ungläubigen Gesichtsausdruck sah, seufzte sie und holte einen Schlüssel hervor. Sichtlich genervt schloss die Tür auf. Und tatsächlich, ich wollte meinen Augen kaum trauen, war es eine mit verstaubten Möbeln voll gestellte Kammer. Nichts erinnerte an Angelas Zimmer.
Vollkommen verwirrt rannte ich in den Garten. Tausend Fragen schossen mir durch den Kopf. Hatte ich Halluzinationen? War ich verrückt? Ich gelangte zur Bank und mir fiel ein weißer, kleiner Zettel auf, der sorgsam gefaltet unter einem kleinen Kiesel lag. Langsam streckte ich die Hand nach ihm aus und entfaltete ihn. Schweigend las ich, was auf ihm geschrieben stand.

Gib die Hoffnung und den Glauben niemals auf.
Habe Vertrauen. Ich werde bei dir sein, ebenso wie Gott.
Angela

Seitdem waren nun fast zwei Monate vergangen und mein Leben hatte wieder seinen normalen Gang genommen. Mit einem Unterschied. Ich hatte die Woche im Kloster und meinen Entschluss nicht vergessen. Mein Abitur stand jetzt kurz bevor und ich hatte ein Ziel. Ich wollte Ärztin werden. Ich wollte Menschen in armen Ländern heilen und helfen. Vielleicht würde ich in einen Orden eintreten. Doch das wusste ich noch nicht. Ich wusste nur, dass ich nach meinem Abitur das Kloster noch einmal aufsuchen würde. Und ich wusste, dass ich mein Vorhaben, so zu werden wie Angela, verwirklichen würde.
Angela würde bei mir sein, ebenso wie Gott.

Angela Merici

Ihr Leben zusammengefasst von *Kira Dähling*

Angela wurde zwischen 1470 und 1475 in Desenzano, in Italien, am Südwestufer des Gardasees geboren. Sie war die Tochter von Giovanni Merici, der in der Nähe ein kleines Landgut führte. Auf Grund seines Vermögens führte er den Titel "Civis Brixiae", der ihn als Landedelmann und Bürger der oberitalienischen Stadt Brescia auswies. Ihre Mutter stammte aus dem vornehmen Haus der Biancosi. Angela hatte mehrere Geschwister, wobei die Anzahl in den verschiedenen Quellen unterschiedlich ist. In ihrer Familie verlebte sie eine glückliche Kindheit, in der sie religiös erzogen wurde. Jeden Abend las ihr Vater den Kindern Heiligengeschichten vor und obwohl Angela nie außerhalb der Familie unterrichtet wurde, eignete sie sich durch den Unterricht des Vaters das italienische Schreiben und Lesen und auch das Verständnis der Lateinischen Sprache an. Mit fünf Jahren begann Angela innerhalb ihrer Familie zu fasten und zu beten.

Als um 1487 ihr Vater und ihre Schwester, zu der sie ein sehr enges Verhältnis hatte, und kurze Zeit später auch ihre Mutter starben, wurde sie von einem Onkel in Salò aufgenommen.

In Salò lernte sie den verschwenderischen Lebensstil der Renaissance kennen. Sie übernahm diesen Lebensstil allerdings nicht, sondern schloss sich dem dritten Orden des heiligen Franziskus an. Die Mitglieder dieses Ordens sollten hauptsächlich Aufgaben der Nächstenliebe ausüben und in Zeiten persönlicher Not den Menschen beistehen.

Der Tod ihres Onkels veranlasste sie mit etwa 20 Jahren wieder nach Desenzano zurückzukehren, wo sie Arbeit und Unterkunft fand. Durch ihren ungewöhnlichen sehr religiösen Lebensstil und ihr freundliches Wesen erregte sie schnell Aufmerksamkeit und gewann die Sympathie der Menschen.

In dieser Zeit saß sie eines Tages zur Erntezeit auf dem Feld, als ihr ihre Schwester mit einigen jungen Mädchen in einer Vision erschien. Ihre Schwester verkündete ihr, dass sie eine Gesellschaft von Jungfrauen gründen werde.

Im Auftrag der Franziskaner kam sie auf den Wunsch der Catterina de Patengola 1516 nach Brescia um der wohlhabenden und gesellschaftlich hoch angesehenen Witwe beizustehen, deren Söhne gerade gestorben waren. Brescia war einst eine blühende Stadt gewesen, in der jedoch vier Jahre zuvor plündernde, mordende und vergewaltigende Soldaten einmarschiert waren. Tausende Menschen starben während dieser Kriegswirren und die Stadt büßte einigen Reichtum ein, trotzdem blieb sie noch recht wohlhabend. Die vermögenderen Menschen pflegten einen verschwenderischen Lebensstil und auch der Werteverfall innerhalb des Klerus blieb Angela nicht verborgen. Diesem Verfall stand eine Laienbewegung gegenüber, der auch der Neffe der Catterina de Patengola, Girolamo Patengola, angehörte. Bei einem Freund von ihm, Antonio Romano, wohnte Angela 14 Jahre, bis 1529, wobei sie 1522 ihren Aufenthalt für eine Wallfahrt nach Sacro Monte, ihre große Wallfahrt ins heilige Land, wo sie auf Kreta bis zu ihrer Rückkehr erblindete, und für ihre Wallfahrt nach Rom im heiligen Jahr 1525, unterbrach. In Rom wurde sie von Papst Clemens VII., der von Angelas Ruf gehört hatte, gebeten bei dortigen kirchlichen Sozialeinrichtungen zu helfen. Sie lehnte höflich ab und kehrte sofort nach Brescia zurück.

Erneute Kriegswirren zwangen sie 1529 nach Cremona zu flüchten. In Cremona erkrankte sie schwer, kehrte jedoch mit anderen Flüchtlingen 1530 nach Brescia zurück.

Nach ihrer Rückkehr begann sie einige Gleichgesinnte um sich zu versammeln und schon ein Jahr später erbat sie mit zwölf Gefährtinnen den Segen des neuen Bischofs von Brescia. Als fast Sechzigjährige unternahm sie mit 15 Gefährtinnen im Winter 1530 eine Wallfahrt in die Alpen zum Sacro Monte.

Schließlich gründete Angela Merici am 25. November 1535 zusammen mit 28 Mädchen die "Gesellschaft der heiligen Ursula". Sie gelobten ehelos zu leben, trugen sich in das Buch der Gesellschaft ein und kehrten zurück in ihre Familien.

Eineinhalb Jahre nach der Gründung, 1536, übergab Angela bereits 76 Gefährtinnen ihre ausgearbeitete Regel, nach der sie leben sollten.

Am 8. März 1537 wurde sie von der Gesellschaft zur Generalmutter auf Lebenszeit ernannt.

Ihre letzten Lebensjahre verbrachte sie mit dem Verfassen ihres Testamentes (Legati) und ihrer Gedenkworte (Ricordi) für die Gesellschaft.

Am 27. Januar 1540 starb Angela Merici, die bereits 130 Anhängerinnen hatte, im Alter von 65 Jahren.

Sie wurde in der Kirche San Afra in Brescia beigesetzt.

1768 wurde Angela selig gesprochen und 1807 sprach Papst Pius VII. sie heilig.

Konzentrische Kreise

Ein Nachwort von *Wendel Hennen*

Vor einigen Jahrhunderten hätte ein Buch wie dieses noch als ein frommes Werk gegolten, mit dem man sich als Autorin ein Stückchen Himmelreich erwerben kann. Die Aufzeichnung von Legenden, ihre Abschrift und Verbreitung war eine der zentralen Aufgaben mittelalterlicher geistlicher Schriftkultur. Ordensschwestern hatten darin eine mindestens ebenso wichtige Funktion wie ihre männlichen Brüder. Auch wenn sich unsere Arbeitsgemeinschaft Kreatives Schreiben an der Kölner erzbischöflichen Ursulinenschule den Namen "Die Schwestern" gegeben hat, so handelt es sich doch nicht um Ordensschwestern, die eine Legendensammlung über ihre Gründerin Angela Merici angelegt haben. Es sind Schülerinnen, die gerne schreiben und sich mit dem Schreiben anderer auseinander setzen. Viele von ihnen haben eine Vorliebe für phantastische und historische Romane und Erzählungen und da lag es nahe, sich für ein längerfristiges Projekt mit der traditionsreichen Geschichte der eigenen Schule zu beschäftigen. Das hat uns zu Angela geführt.

Anders als das Leben der Heiligen Ursula, der Patronin des Ursulinenordens, die historisch kaum zu fassen ist, ist das Leben Angela Mericis sehr gut belegt. Man kann sich ein Bild davon machen, wann und wie sie gelebt hat, ja sogar ihre Gedanken und Ziele hat sie in Schriften dargelegt, die auch heute noch von erstaunlicher Aktualität sind.

In den ersten Monaten der Recherche und gemeinsamen Beschäftigung mit dieser heiligen und zugleich historischen Person haben wir die vielen verfügbaren, sich teilweise auch widersprechenden Informationen gesichtet. Unsere Suche galt dabei den "Geschichten", die in diesem Thema stecken. Und wir sind wahrhaft fündig geworden! Was hat es zum Beispiel mit Angelas vorübergehender Blindheit während der Pilgerfahrt ins Heilige Land auf sich? Vera Borchers hat hier schnell "ihre" Geschichte gefunden. Agathe Depta hat die Verzweiflung des Mädchens, das seine ganze Familie verloren hat, in ihrer Geschichte eingefangen, Maike Becker ging noch einen Schritt weiter zurück und zeichnet ein einfühlsames Bild davon, wie diese Familie wohl gewesen sein könnte, deren Verlust Angela so sehr schmerzte. Die desolate Situation – auch religiös und moralisch – in den italienischen Renaissance-Städten des 16. Jahrhunderts, die ein wichtiger Anstoß für Angela gewesen sind zu handeln, wird von Kira Dähling eindrucksvoll geschildert. Gesa Jessen bietet in ihrer Annäherung an Angela eine Charakterstudie, die eine Frau zeigt, die an ihrer Berufung zweifelt und leidet, bis sie sich mit ihr identifiziert und sie anzunehmen in der Lage ist. Vielleicht nicht ganz das übliche Bild der Heiligen – aber umso einprägsamer. Annette Sarah Leyendecker setzt sich bereits mit der historischen Wirkung Angelas auseinander, die Wege aufgezeigt hat, wie junge Frauen sich durch die Gemeinschaft der Ursulinen "selbst verwirklichen" können, wie man es heute wohl nennen würde. Und das gegen so mächtige Widerstände wie den eigenen Vater. Désirée Killmaier bringt uns mit ihrer phantastischen Erzählung in die Gegenwart und zeigt eine junge Frau von heute an der Schwelle zu einem neuen Lebensabschnitt. Hier wird vielleicht der Bezug zum Alltag der Autorinnen am deutlichsten, die teilweise im nächsten Jahr ihr Abitur machen werden und sich dann in einer vergleichbaren Lage befinden. Die Illustratorin, Claudia Summerer, vollzieht diesen Schritt schon in diesem Jahr und hat trotzdem noch die Zeit und Muße gefunden, der Anthologie durch ihre Arbeit eine neue Ebene hinzuzufügen: Angela – zumal auf dem Cover – ein Gesicht zu geben, und zwar eines, das man so schnell nicht vergisst.

Frauen in entscheidenden Situationen ihres Lebens – das könnte ein Untertitel der Geschichten sein, die in diesem Buch versammelt sind. Meistens handelt es sich um eine Interpretation der Heiligen Angela Merici, um Facetten ihres komplexen Lebens und Wirkens, das seit mehr als vier Jahrhunderten weltweit Menschen beeinflusst. Jede Geschichte kreist um Angela oder ihre Nachfolgerinnen und nähert sich ihr dadurch auf eine jeweils ganz eigene Weise. Und zwar so, wie junge Frauen diese Annäherungen am Beginn des 21. Jahrhunderts vollziehen, worin der besondere Reiz der Geschichten liegt. Im Zentrum dieser Annäherungen treffen sich alle Texte in der Figur der Ordensgründerin, deren Geist und Botschaft jede Geschichte durchzieht und sie alle miteinander verbindet, so unterschiedlich sie auch auf den ersten Blick sein mögen.

In der monatelangen Arbeit haben die Autorinnen sich nach und nach zu einer echten Gemeinschaft entwickelt, sind schreibende "Schwestern" geworden und haben sich schließlich auch diesen Namen gegeben. Und man kann sich wohl sicher sein, dass dies eine Gemeinschaft ganz im Sinne Angelas ist!

Wenn auch die Autorinnen die eigentliche Arbeit geleistet haben, so darf man doch nicht vergessen, dass für die Veröffentlichung einer solchen Anthologie Rahmenbedingungen geschaffen werden müssen. Daher gilt an dieser Stelle unser Dank dem Landesverband der Schulischen Fördervereine NRW, der mit seinem Wettbewerb "Schüler schreiben Bücher" den willkommenen Anlass bot, sich über einen langen Zeitraum gemeinsam mit einem umfangreichen Projekt zu beschäftigen. Ferner danken wir auch dem Förderverein der Ursulinenschule Köln und seinem Vorsitzenden Michael Wierzimok, der unsere Arbeit großzügig finanziell unterstützt hat. Und schließlich danken wir unserem Schulleiter, Herrn Klaus Graeff, für seine unschätzbare Hilfestellung in allen Fragen der Organisation eines solchen Projekts – und für einige Literaturtipps zu Heiligen Angela!

Der Literatur über unsere Ordensgründerin haben wir nun, wenn schon kein frommes, so doch ein ungewöhnliches Werk hinzugefügt und damit unter Beweis gestellt, wie lebendig ihr Geist nach wie vor ist.

Die Autorinnen
So, wie sie sich selbst sehen

Maike Becker, Baujahr 1988, überflügelte schon im frühen Kindesalter ihre Mitschüler an Kreativität und verfasste Geschichten (haha). Doch dann flog sie zu hoch, knallte gegen das Ursulinen-Fenster der Ursulinenschule in Köln und landete, durch das etwas baufällige Dach des Oberstufengebäudes, in den offenen Armen des Leiters de AG Kreatives Schreiben, Wendel Hennen.

In einem kurzen stillschweigenden Augenblick (Schulstunde) erreichte sie und ihre Gefährtinnen ein leiser Ruf, das Leben der Angela M. zu studieren und einzelne Stationen in ihrem Leben durch kreative und geschichtlich logische Einfälle zu verknüpfen.

Erst ein wenig irritiert durch die Namensverwandtschaft mit einer aktuellen Politikerin (-erkel), widmeten sie sich begeistert der Herausforderung und entwickelten, durch reichliche Recherche und viele Ideen, Texte zu der Person Angela **Merici**.

Glauben sie das etwa nicht? Dann schauen sie doch mal vorne auf den Buchumschlag!

Kira Dähling, geht zurzeit in die 10. Klasse und ist 16 Jahre alt. In ihrer Freizeit schreibt sie gerne Geschichten, die bisher aber noch meist niemand gelesen hat. Ansonsten liest sie sehr gerne und nach eigenen Angaben wohl auch manchmal etwas zu viel, wenn sie eigentlich andere Dinge machen sollte. Aber da sie Bücher, besonders historische oder fantastische Romane, liebt, kann sie es einfach nicht lassen.

Agathe Depta, ist 17 Jahre jung und besucht die elfte Klasse des Kölner Ursulinengymnasiums. Seit ihrem 13. Lebensjahr schreibt sie in ihrer Freizeit Kurzgeschichten und Gedichte, die meist auf eigenen Erfahrungen beruhen. Durch die AG "Kreatives Schreiben" an ihrer Schule wurde sie dazu angeregt ihre "Werke" der Öffentlichkeit zu präsentieren und über sie zu diskutieren. So kam es schließlich auch zu diesem Buch, welches Sie nun in den Händen halten und welches Agathe vielleicht einen Schritt näher an eine Zukunft mit Stift und Papier heranführt.

Vera Borchers (geb. 20.08.1989) ist Schülerin der 10. Klasse und schreibt seit etwa fünf Jahren für Freunde, Verwandte und sich selbst Geschichten und kurze Gedichte. Schon sehr früh faszinierten sie Bücher und so eignete sie sich schon vor der ersten Klasse einige Lesekenntnisse an. Zurzeit liest sie besonders gerne historische und fantastische Romane und Mangas. Neben Literatur interessiert sie sich besonders für Musik, Zeichnen und Ostasien.

Gesa Jessen, geboren 1989, ist Schülerin der 10. Klasse. Sie schreibt regelmäßig seit etwa sechs Jahren, meistens Kurzprosa oder Lyrik. Sie war, bzw. ist Schülerin der

Kölner Schreibschule der SK Stiftung in den Jahrgängen 2004, 2005 und 2006 und Teilnehmerin der Ferienakademie für den literarischen Nachwuchs des Literaturbüros NRW im Sommer 2005.

Neben Literatur interessiert sie sich für Musik, Ballett, Theater, Malerei und Reisen.

Désirée Killmaier, Entstehungsjahr 1987, interessierte sich schon sehr früh für Buchstaben. Schon im Mutterleib schrieb sie auf einer selbstentwickelten Schreibmaschine Geschichten und las diese ihrer Mutter zum Zeitvertreib bei der Geburt vor. Ihre Mutter erkannte dadurch gezwungener Maßen das Talent ihrer Tochter und schickte sie ohne zu zögern, zur weiteren Entfaltung ihrer Kreativität auf die Ursulinenschule in Köln. Doch leider erkannte keiner ihre außergewöhnlichen Fähigkeiten, nur der barmherzige Wendel Hennen nahm sich ihrer an und geleitete sie in die Gemeinschaft, der vor Kreativität strotzenden schreibenden "Schwestern". In einem stillschweigenden Augenblick (Schulstunde) erreichte sie und ihre Gefährtinnen ein Ruf von Angela M. Es dauerte eine Weile, bis diese bemerkten, dass Angela Merici gemeint war. Prompt nahmen sie sich Angelas inspirierenden Ruf zu Herzen und verfassten auf ihrem Wunsch hin ein Buch über ihre Lebensgeschichte. Welches SIE jetzt in den Händen halten. Hihihi. Ja, ja. Genau jetzt. In diesem Augenblick.

Annette Sarah Leyendecker, geb. 1988, erzählt Geschichten, seitdem sie reden kann und schreibt Geschichten, seitdem sie schreiben kann. Sie hat in den Jahren 2002-2004 an der Ferienakademie des westfälischen Literaturbüros teilgenommen. Texte von ihr wurden in mehreren Anthologien veröffentlicht.

Claudia Summerer, wurde an einem Dienstagabend vor Heiligabend 1986 in Köln geboren. Schon ein Jahr nach diesem Ereignis begann sie darauf hinzuarbeiten, einmal diese wunderbare Anthologie zu illustrieren. Es fing damit an, dass ihr ihre Mutter einen Stift in die Hand drückte, den sie gleich darauf verwendete, um sich auf diversen Tapeten und Wänden zu verewigen, bevor sie schließlich doch so vernünftig wurde, ihre Zeichenkünste auf Papier auszuüben.

Nachdem sie sieben Jahre lang Geschichten auf dem zeichnerischen Wege erzählt hatte, geschah noch etwas anderes Wunderbares. Sie hatte gelernt, dass man mit Stiften auch schreiben kann. So schrieb sie von da an Geschichten, die mit jedem Jahr umfangreicher wurden, und das war auch der Grund, warum sie im stolzen Alter von neunzehn Jahren auf die "AG Kreatives Schreiben" am Ursulinengymnasium aufmerksam wurde, die von ihrem ehemaligen Geschichtslehrer Wendel Hennen, der auch ein engagierter Deutschlehrer ist, geleitet wurde. Leider erlaubte es ihr der Stunden- und Zeitplan nicht, die Treffen regelmäßig zu besuchen, so dass sie leider keine Geschichte zu der Anthologie beisteuerte. Nichtsdestotrotz besann sie sich ihrer alt bewährten Methode Geschichten zu erzählen, nämlich der Illustration, und versah dieses Werk mit passenden Bildern und einem passenden Cover.